西部的孩子走西部

以爱执笔 & 探索亲亲西部

李乐乐 ◎ 著

广东旅游出版社
GUANGDONG TRAVEL & TOURISM PRESS
悦读书·悦旅行·悦享人生

中国·广州

图书在版编目（ＣＩＰ）数据

西部的孩子走西部 / 李乐乐著. — 广州：广东旅游出版社，2020.12
ISBN 978-7-5570-2365-2

Ⅰ．①西… Ⅱ．①李… Ⅲ．①纪实文学－中国－当代Ⅳ．①I25

中国版本图书馆CIP数据核字(2020)第214868号

出 版 人：刘志松
策划编辑：蔡 璇
责任编辑：贾小娇　　蔡 璇
装帧设计：谢晓丹
责任校对：李瑞苑
责任技编：冼志良

西部的孩子走西部
XIBU DE HAIZI ZOUXIBU

出版发行：广东旅游出版社
社　　址：广州市荔湾区沙面北街71号首、二层
邮　　编：510130
联系电话：020-87347732
印　　刷：佛山家联印刷有限公司
（佛山市南海区桂城街道三山新城科能路10号自编4号楼三层之一）
开　　本：889毫米×1240毫米　　1/32
印　　张：6.25
字　　数：120千字
印　　次：2020年12月第1版　第1次印刷
定　　价：38.00元

【目 录】

【序 一】

　　"落其实者思其树，饮其流者怀其源"，这是中国人永远不会改变的情结，无论世界如何改变，无论经济如何发展，无论你去了何处从事何种工作！

　　故乡，是我们永远的乡愁，是我们永远的牵挂！

　　乐乐，作为曾经西部孩子的骄傲，重点院校的高才生，后来又是中国房地产行业高管，万科的高徒，即使在曾经改革开放的前沿地如今的先行示范区深圳工作了很多年之后，她亦不忘初心，时时刻刻关心西部的发展，关注西部的现在和未来。

　　于是，她每次出差西部，都专程去做调研，每次旅游，都关注并记载着西部的所见所感所思。

她走进西部，她看见西部。

她走进内蒙古，看见内蒙古。在鄂尔多斯感叹发展轶事，在科尔沁写下环保日志，在额济纳为旅游发展支招。

她走进云南，看见云南。在建水，歌颂建水的生活之美，在泸沽湖调研"女人"，在滇西思索历史、文化的运用。

她走进丝路，看见丝路。她轻轻地叩响西域之门，两次丝路北疆行，为中西文化经济的交流喝彩。

她走进藏族居住区，看见藏族居住区。在九寨沟考察地质，在西宁她来了，她看见了，她欣喜西宁的发展，在雪域高原，她感叹山湖之上帝恩赐的美，并走进喜马拉雅山南坡。

她走进，回到记忆的黄土地，看见黄土地。她从黄土地的陕西而来，有一段生长在"西北江南"汉中的经历，为此，她对银川西夏故国文化进行走访，歌颂西部的山清水秀，又去看看青枣园，观观宝塔山，再听听延河水，吃吃小米饭。

最后的最后，她以中原人的传家故事结语：她在泪水中回忆起袅袅的炊烟傍晚升腾在百来户人家村庄的上空，回忆起她的祖母，回忆一位平凡而伟大的女性留给后世子孙的家风。故乡梨花天下白，场院上春末晒着麦子，秋天里打稻子，农闲的时候喂鸡鸭，这一派安静祥和令她永远难忘；又想起《白鹿原》一句话——是白嘉轩做族长后说的——"要在这原上活人嘞，那心里得能插住刀子"，回忆起上两辈人的故事她不禁泪水涟涟。她说："这些年随着自己阅历的增长，我越来越爱听父亲讲的这些故事，它让我每一步都走在泥土里，不粉饰出身，双脚才结实地站在大地上，我们灵魂的根才会向下扎得很深，我想这样的生长才将枝叶繁盛。"

这，作为西部的孩子，就是她不断重走西部的原因，脚踏大地，回到大地，故乡，是她一生的纠缠和热爱。

这本书字里行间都感情满溢，情至深处，既在细雨中呼喊，又在细雨中沉默，情感外露又不露痕迹，既见山是山，见水是水，又见山不是山，见水不是水，跳出西部写西部。

这本书既是一本文旅图书，又是一本田野调查，也是一本西部发展思辨录；这本书既文字优美，是西部的十三行，是文化大散文，是大块文章，又脚踏实地，眼到心到，充满了理性的思辨色彩，可谓西部的研学行知书。

我真心乐意推荐本书。

是为序。

王军

【序 二】

　　李乐乐的这本书《西部的孩子走西部》刚完稿，她便从微信发给我首先赏阅，这是我的荣幸。

　　这些年来事务繁多，还要把主要精力放在创作上，也就没有时间像从前那样可以一本一本地阅读书籍了。想象着能够泡一壶茶，手捧一本喜欢的书，坐在树荫下，感受着阳光，一页一页地翻阅书本，这样的场景目前对我而言是一种奢侈的生活了。收到《西部的孩子走西部》电子版文稿，都是偷闲有空时读一读，正好该书的故事描述是独立的内容，这就方便了我在散落的时间阅读。乐乐的书记录下了她所走过西部的这些城市和地方，书中不仅描述了她的所见所闻，同时较为详细地阐述介绍了所到之处的历史背景，文化构成，民风民俗，发展现状以及她的心灵感受与思考。我年轻时阅读过作家三毛的《撒哈拉的故事》，虽然李乐乐这部书风格不同于三毛，但是她让我想到了三毛。这部"游记型"散文不仅是她生活中一个侧面的记录，同时也是一个作家对西部这些地区认识的阐述，既是偷闲时一部好的读物，又有助于书中描述的这些地方投资者建设的文化性思考，具有指导性作用。

《西部的孩子走西部》值得一读，这是现代都市人生活的一种方式。

贺昆

【自 序】

  我是一名在祖国西部出生、长大的孩子。十九岁那年，我离开了家乡到祖国的东部去求学，大学毕业后又分配到祖国的沿海一线城市深圳工作。大学期间，我曾代表自己所在的学校参加了CCTV-10组织的"大学生西部论坛"电视栏目的演讲。演讲中我结合祖国西部灿烂的文化、历史，也对比了现实中东西部发展的差距，情到深处我几度哽咽。热爱西部、关注西部是我多年来一直不断回访西部的动力。

  十多年在深圳的工作与生活，这个东部沿海的发达城市教会了我更加开放的创新思维，同时作为一名推动城市化进程的房地产行业的从业人员，我有更多的机会深入到祖国西部的城市发展中去。带着深圳和行业给予自己的灵感，多年来对西部的行走与田野调查，一方面深化了自己对西部的理解和观察，进一步感受到了祖国西部的伟大与丰富，同时也在这样的过程中不断思考和检索西部发展的更多可能，提出一己之见。

今年是国家确立"西部大开发"战略整整二十年的日子，也是距离我参加"大学生西部论坛"电视栏目已过去十六七年的岁月，结合这些年的回访和感知，以文字作纪念。愿通过这些文字反映祖国西部快速发展的崭新面貌，抒发当下西部人内心真实的奋进与自豪。祝愿祖国西部的发展持续受到更多的社会关注，祝愿这片未来都会很好的壮阔山河为更多人所理解与热爱。

李乐乐

第一章

走进内蒙古

鄂尔多斯发展轶事

深冬的鄂尔多斯，风很硬，刚从机场出来就感受到了北国的凛冽，北方的风与南方不同，没有南方的湿黏，倒像轻薄的小刀吹刮在脸上。这种干脆不防的感觉，让我清晰地意识到自己已经置身在一个不同的空间，它会有着与深圳迥异的风貌，同时此行也会有很多的未知。

前来接机的小胖与司机，都身着两件单衣，获得理解后，我翻出了压箱底的羽绒服穿上，时近12月初这里已是零℃上下，小胖和司机告诉我鄂尔多斯最冷的时候可以达到零下20℃……车行一路，从空旷的原野到星星点点再到城中的光怪陆离，我在黑暗中揣度着这座名噪一时的城市。它的名字在不知它蒙语含义的时候显得十分拗口，但这个不算好记的城市还是被很多人记住了。它的极具存在感源自曾红极一时的地产掘金，我们这个行业的多少南北好手共聚此城、大搞开发。可惜本应高起的城市建设，人居环境提升，却因这个城市的经济发展波动有所停滞。

鄂尔多斯是内蒙古自治区经济排名第一的城市，相比内蒙古其他城市来说，它是个独特的存在。这座城市的路虎车拥有量是全国单城市排名中第一，还有很早就风靡全国的鄂尔多斯羊绒衫，也已经温暖了全世界。从一路上所见的城市发展面貌来看，这里的城市化进程和基础设施投入，都已经拥有了相当高的水平。它是一个西部典型的能源城市的缩影，煤炭开采、生产加工是城市经济的主要来源和支撑。然而，城市产业的高度集中、人口流入能力的有限、经济发展方向的单一，都无法规避这座城市在持续高速发展中的风险底数。所以，在眼前这幅奋勇发展的场景中，既有生机，也有伤痕。车行在灯火通明、光洁一新的城市街道上，我更愿意相信它像深圳，而不是这个地理维度上的任何一座北方城市。

这一行近3000公里的飞行，我正是受邀前来重启这个城市最具代表性的一个房地产高端项目。它生于鄂尔多斯房地产发展的鼎峰，企业在地产高点投资了百亿打造一座传世大宅，而后又停在经济下行期，不期而遇的经济波动迫使项目息盘止戈、以待时机。

时近2017年底，鄂尔多斯地产复苏的春风迟迟未来，项目的资产沉淀带给这间企业不容忽视的负重，重塑项目的开发策略以应对当下的市场环境，需要提上议事日程。依据我的经验，无论是挖掘项目价值，还是突出精益求精的产品匠心，或为项目开发注入品牌和人文情怀等软性价值，其根本都需要以人为本的初心，它是项目与城市发展、市场、客户交换价值的基础。由此，了解这座城市的历史和地域文化，参与到客户们的日常生活与思想境界中去，便成了我"以人为城"去理解项目、抽取解题思路的关键，同时，这个过程还是一个多维连接、认知更新的过程。

清晨，我在鄂尔多斯醒来，这是一座可以听着远处火车声苏醒的城市，这样的声音节奏在现代都市已经有些难以想象了。阳光将金色洒进了一天的好心情，早餐用过纯正的奶茶，脆爽的驼肉，特殊的酸饼，我开始了一天的参观与学习。小胖和司机带着我，驱车前往鄂尔多斯的成吉思汗陵（简称成陵），它既是这座城市的精神堡垒，也是鄂尔多斯一词的由来。鄂尔多斯是蒙语，含义为"白色的宫殿"，指代的就是我眼前这座成吉思汗陵。在空旷、干燥的大漠上，我注视着这座没有围墙圈定区域的、广阔的陵园体系。

首先，我们踏上九十九级的陵前台阶，看见成吉思汗的骑马铜像，来这里参观的人们皆是慕名而来，有背包客、旅行团、外国人，我们站在铜像下驻足瞻仰，举目高望着一代天骄——成吉思汗。之后，我们顺着人流向前，左转来到了阿拉坦甘德尔敖包前，我参与到以顺时针方向祭敖包走一圈的队伍中，并将我的心意捐入了旁边的小木箱，一是为期待成陵始终维护完好，二是对800年来守护成陵的达尔扈特蒙古人表达敬意。

祭过了敖包，我们便向成吉思汗大庙走去。这是一座宏大的宫殿建筑，蓝色的天空下，是宫殿黄色的穹顶，宝盖式的宫殿顶部有两层飞檐，飞檐下是建筑的主体，有着平整而厚重的粉黄色砖墙。在辽阔、单一、苍凉、寂静的大漠上，这样的一座宫殿是极具色彩展现力的，它不仅宏大而神圣，还像一件天地共画的艺术品闪耀在大地上。大庙里面的"八白室"是八顶白色精美的蒙古大帐，每个大帐中各自陈列着成吉思汗生前使用过的武器、马鞍和生活用品。那么，为什么只是供奉生前用品呢，而不是我们常见的墓葬和陵寝，以及会有墓主和随葬品。这其中有着一个关于蒙古人丧葬习俗和成吉思汗本人遗愿的传说。如今没有人知道成吉思汗最终葬在了哪里，因为传说中依照成吉思汗的生前嘱托，他入葬后军队以万马踏平了他的所葬之处，待来年草长莺飞时，于此消失在了茫茫草原中。然而，这样的嘱托也正好体现了这位天可汗遵从了蒙古人的丧葬习俗，草原上的游牧部落一般都认为自己一生吃肉，死后就将自己的身躯还归于草原，这也是一种朴素轮回和伟大的供善之愿。

接下来，在八白室中浏览成吉思汗曾使用过的各种武器时，我发现了一张两米长的大弓，如果按照箭重反推这张弓的射程，完全可以想象当年成吉思汗"弯弓射大雕"的情景并非虚构。也许，是由于我们现代人的生产、生活方式发生了变化，随之而来臂力也有所退化，所以我们现在不再具备这样的神力了。历史的真相虽然未可确知，但除了这张大弓，还有一些藏品吸引了我的注意，它们是成吉思汗用过的一柄长刀和生前穿过的服饰，根据展出服饰的裤长可以推测，成吉思汗的身高可能接近2米，这也的确是"茫茫草原，力大者为王"的草原文化印证了。

我们走到了八白室展厅的核心位置，看见成吉思汗的圣像，瞻仰着这位历史上不可磨灭的伟大人物。我想起美国上将麦克阿瑟曾说："如果有关战争的记载都从历史上抹掉，只留下成吉思汗战斗情况的详细记载，那么军人将仍然拥有无穷无尽的财富……那位令人惊异的领袖的成功，使历史上大多数指挥官的成就黯然失色。"一段光辉的历史，一位撼动世界的人物，借以麦克阿瑟将军的评价，再结合眼前所见的成陵景象，可以肯定的是：成吉思汗是蒙古人心中不灭的神灯，他的故事是代代传唱的歌谣，他还是一位世界级的历史人物，他的战斗精神广泛鼓舞和鞭策着后人。我们在感慨中，参观完成吉思汗的圣像，走向正殿厅堂的两边，在这里陈列着成吉思汗的四位蒙古大妃的塑像，她们依次是孛儿帖、也速干、也遂姊妹和忽兰妃。当看到孛儿帖大妃的雕像时，我就想起了她与这位天可汗之间的少年爱情故事，可是草原上千年传颂的美好佳话呢。

走出了这座大庙，我明白了这座城市的由来，它是因一位伟大的历史人物而建成，在能源开发与加工生产中蓬勃发展的城市，现代的物质文明是它今天华丽的外表，特殊的城市形成原因又让它深具着文化挖掘的价值。这座城市的今天为众人所关注，然而它的过去却鲜为人知，一个看不到昨天的城市多少让人有些疏离感，所以我期待为项目价值找到更坚实的城市依托，发掘出一个时光已驻足千年的城市昨天。让这个有着头顶雄鹰、胯下骏马、烈酒豪情的草原文化，有着至情至性达尔扈特蒙古人的传承、守护的奉献精神，让这些深具人文风情的城市价值飞扬起来。

走出成陵太阳已经偏西，鄂尔多斯的日落由于经度差异，比深圳略晚一些。我和小胖、司机以及项目团队，来到了一家叫"格日勒阿妈"的奶茶馆。一进餐厅正门，我就看见了一辆勒勒车，车上放着牧民生活和转场用的铁桶、套杆、马鞍子，车前套着一匹毛皮真实可触、栩栩如生的蒙古马标本。店内结合蒙古族人日常生活的景象进行了家具和装饰布置，厨房则结合了现代餐厅理念，以玻璃相隔，对就餐顾客开放食品操作的全过程。我们点了一锅浓香的奶茶，锅里飘着薄脆的干奶皮子，油糕正是奶茶最好的搭配，就这样一碗咸香的奶茶下肚，顿觉白天的寒气已呼出了大半。我们的主菜是颇具特色的牛肉、沙葱炒蛋、手扒羊肉、各种奶制品小点心，还有最具代表性的羊肉包子。这也是一场孜然异香与牛羊鲜香的碰撞，舌尖上的鄂尔多斯也让我惊喜不已。

　　带着各种收获的感受，我们重新投入了到对目标项目的塑造中去，接下来的几天会议沟通，我们聚焦了当下城市发展的判断、市场前景分析的话题，将鄂尔多斯未来三年城市开发的水平与支柱能源产业的升级联动起来，同时根据在高铁时代已然到来的今天，鄂尔多斯与内地仍缺少高效的连接，从而再判断潜在客户可能的来向。并且结合项目所在的区域板块成交数据，分析竞品项目分流客户的可能性，最终达成一致判断，那就是在城市内部购买力增长不快、外来吸附客户引力不足的情况下，经营策略当以本地的高端客户的需求为主，从而对前期调研中收集到的客户对商业服务、物业品质提升、社群生活建设方面的需求，做出快速响应和高效解决。此外，为加大拓展与这座城市有着感性联系的客户，针对返乡置业群体要做孵化，并尽快建立起各地联动的渠道网络。

　　我们在重塑项目价值的策略上，寻找着突破点，我建议将项目所在城市中心的固有地段价值，与自由、创新的互联网传播方式结合起来，让刻板的城市印象和崭新的媒介做各种有趣的融合与对话，从传统高举高打的项目营销向与客户结合的轻营销转移。同时，通过草原文化、草原音乐、独特的自然环境来扩展和提升外地客户对鄂尔多斯的体验能级，开展一系列如"麦兜采蜜""草原上的餐桌计划""寻访成吉思汗"的风情文化之旅，将自然之爱与食品健康、精神自由与都市反差的价值一一传递给意向客户。如此，我们既做出本土文化的自信和豪迈，也以此扭转了之前经济波动的影响，让项目在优质资源、高端产品、精神满足三个层面上为客户实现交易价值的重组……

经过几天的鄂尔多斯生活，我们圆满地完成了既定工作，我如期返回了深圳。在回程途中，我感受到这是一次丰盛又充满陌生市场挑战的工作经历，在观察、体会、参与到鄂尔多斯的生活中，我认识了这座城市。

然而……

科尔沁环保日志

　　然而，这不是我第一次来到内蒙古，祖国的这片辽阔大地。大学期间，我就参加了学校组织的"绿色环保防风治沙小分队"，前往了内蒙古科尔沁沙地的源头。那是大三学年的暑假，校学工处的老师带领我们13个经过了环保志愿决心和专业对口审核的学生，从南京出发搭乘火车到北京，再从北京转乘火车去往内蒙古赤峰市。

　　记忆中转乘火车的北京南站，并不似现在高铁枢纽站的干净、整洁，2002年夏天的北京南站，还是一个往北输送客流，绿皮火车停靠的小站。炎热的夏天里，车站广场上的积水散发着臭味，那里游走着各式各样的人，既不带行李，还操着不同口音上前和我们拉着生意，这些对于当时还是学生的我们来说，颇有些不安的感受，所以大家快速地购票，尽快进站，期待着那趟开往赤峰的列车到来。

　　坐了一晚上的硬座，我们从火车的摇摇晃晃中醒来，醒来时发现已经来到了另外一个世界，大家兴奋地趴在车窗上，看着铁道两边绿的青草、黄色的花，远处宽阔的草地、牛羊和铁轨。我们闻着清晨里最干净的空气和远远近近的花香，难道这就是传说中的内蒙古吗？因为我们都是第一次来到草原，所以就这样相互询问又彼此确认着。列车进入内蒙古后便行驶得极其缓慢了，我们在一阵躁动之后，心情也随着列车节奏慢慢地沉静了下来，静静地看着窗外，满怀憧憬地眺望着远处的蓝天、白云和无际的平坦。我猜想着科尔沁会是个什么样的地方，为什么会有不当的农牧工矿活动，怎么会把美丽的草原变成了中国最大的沙地。

　　在赤峰火车站，我们见到了前来迎接的门德大叔和治沙基地的场长。门德大叔是位蒙古族人，黑黑的脸庞、结实的肩膀，圆坨坨的脸上总是带着微笑；治沙基地的场长是位汉族大叔，大大的眼睛，待人热情周到。出乎意料的是，我们即将前往基地的交通工具竟然是一辆中型卡车，它有着崭新的蓝色外观，但是没有座位。场长向我们解释道："治沙基地里面都是农用运输的交通工具，没有客车，所以这一路上至少要四个多小时，条件是有些艰苦的，请大家理解也提前进入情况吧。"

　　就这样，男生拉一把，女生也就爬上了车，我们站在车斗上，拉着卡车的车架，在很多没有路的地方，我们颠着、叫着，陶醉在人生第一次与内蒙古的亲密接触中。大伙站着、笑着、唱着，相互述说着眼前明净的蓝天下，大朵大朵棉花糖似的白云，带给自己的冲击和感受，卡车上的每个人都是开心透透的，不知疲惫的，夏天烈日当头的炙烤也是根本不重要的。就这样，我们和大自然、大草原亲密接触了许久之后，卡车停在了治沙基地的门口，我们看见了一座棕褐色石头砌筑的大门，大门边上站着前来欢迎我们的基地员工，其中有一位身着天蓝色蒙古袍，手捧白色哈达的苏木小学的女老师，听说她是受邀前来，专门以歌声来欢迎我们的。

　　就这样，我们在她的歌声中，走进了基地大门，我至今都觉得这位蒙古族音乐老师当时演唱的那曲《敖包相会》，是我听过的最美妙的天籁之音，它胜过许多场深圳大剧院的名家演出。当我们接过她手中白色的哈达，举目看向蓝天，高举起银色酒杯的那一刻，我们每个人的内心都是神圣而庄严的。在歌声里，我们敬天、敬地，三饮而尽，我感受到的真诚情意就像她喉咙里的高音那样至真至纯。那时，我就明白了一个道理：读万卷书，行万里路，读书相比身临其境的切实感受，行路才是大道当然，这也是后来自己多年坚持回访行走、感受西部的前因。

　　在一片美好之中，我回头又看见了那辆已停在场院里的卡车，在之后的十几天中，它是我们工作的唯一交通伙伴。欢迎仪式之后，我们进入会议室和旗上的专业部门开了一个有关防风治沙的技术交流会，再之后我们就安顿在了基地场院的平房里，分开男女生的两间宿舍，这是我们第一次睡通铺。内蒙古的昼夜温差很大，来之前我们都畅想着一到夜晚就能一改南京的闷热，实际上科尔沁的夏季夜晚，是要盖厚被子才能入眠的。虽然各项条件都需要适应，但平房屋外的一片沙地却成了我们的乐园，沙地上种了一片苜蓿，苜蓿在夏天里开着紫色的小花，打从到了基地的那天起，我们女同学就主动承担起了每晚为它浇水的任务。

我们轮流两人挑水，将水桶放在沙地前，用瓢从桶中舀水，再蹲下来精心地浇在苜蓿的根上，这样能让沙地植物更好地吸收水分。每当一瓢清水浇下去，我们都能听到"沙沙"的"喝水"声，渐渐地，我们喜欢上了这种声音，无论谁值班浇水，大家都蹲在苜蓿地里静静地等待着倾听那一刻。每一个浇水的夜晚，除了可以看向苜蓿地，还可以抬头仰望星空，满天的繁星比我们所见过的星星总和还要多，银河就像一根白色的带子在我们头顶上飘着，很清晰又很近。

我们白天的劳动，主要是和基地员工一起栽种红柳和拔收离子苋。红柳是一种沙地、盐碱地造林常用的树种，它喜欢充足的日光，正适合内蒙古的区域气候，同时根系发达，既耐干又耐湿，重点是红柳成林后能在广袤无遮挡的沙地上起到抗风能力强的作用；同时，它生命力顽强，可以在含盐量1.2%的盐碱地上正常地生长，这两点就是它能遍布西北荒漠的原因了。离子苋，是一种绿色的蒿草类植物，作为草本植物，它的干茎粗且结实，它绿色的叶片像灰灰菜一样是钝角锯齿形的，它也是在沙地、盐碱地上又一可以存活下来的生命奇迹。我们到来的时候正是夏天，刚好赶上了基地拔草，大家要将离子苋拔出，带回基地加工成草原五畜的饲料。其实，这两种植物从当时的视觉上看并不美观，但是从基地搜集和保存的它们的生长照片中发现，红柳是会开花的，它的花朵虽然细小，但是花期很长，同时红柳的枝条还可以编筐，可谓一身都是宝。而离子苋的叶片人是可以食用的，傍晚我们从沙地回到基地的食堂用晚餐，经常能看见食堂师傅将离子苋的叶片摘下来，焯水再凉拌，只是由于它的口感偏粗，要习惯刺嗓子的感觉才能咽下。

　　就这样，我们除了在白天的劳动和夜晚的浇水之外，在基地里还组织了各种交流活动，有和当地旗里治沙工作的阶段交流会，也有和基地员工的治沙观察的技术沟通。沟通之余，我常去看望门德大叔，他总是坐在一堆羊毛毡上缝毡包，他说我们从那么远的地方来劳动，一定要在我们走之前做好毡包，让我们体验一下真正的牧人生活……我们日常交流的对象还有在假期里来基地帮忙的员工子弟，他们和我们年龄相差不大，多是初高中阶段，假期过来陪父母，也会参与到种树、拔草的工作中去。我们会一起去查干木伦河边看银河，升起一小堆篝火，就着漫天的繁星，聊着周边牧民的生产和生活。

平时，我见到的科尔沁牧民，大多数男性看上去是圆圆的脸庞、细细的眼睛、浑圆的肩膀，他们平日里是马靴不离腿的。如果我们和牧民在草原上相遇，会使劲挥手，没有城市人的冷漠，这是一种你久在空旷之中，生命对生命的呼应。牧民们有时驾着拖拉机或者骑马经过我们，也会热情主动地和我们打招呼，我们说着刚从门德大叔那里刚学来的蒙语，向他大声地问好。其实，要想了解牧民的生活，就要认识他们的马匹，那时我还萌发了想学会骑马的念头。这个念头的燃烧源自一次在苏木唯一的林荫大道上，我们偶遇了快马奔驰的情景，那是一位紫红色脸膛的牧民，骑着高大的蒙古马，奔腾的马蹄、飘洒的马鬃从我们身边疾驰而过。眼见为实的速度和力量都让我对马儿有了全新的认识，马在牧民的驾驭下乖顺有加，奔跑中有规律地向前低头，四蹄有序地交错飞腾，这完全是一种高效工作的节奏。人可以与马完美地协作，这也让我既羡慕又好奇，同时这样的场景也升华了我对"马背上得天下"的理解。

我们暑期的防风治沙工作就要结束了，离开治沙基地前，我心中很不舍，舍不得门德大叔，舍不得基地治沙人的朴实和辛勤，还放不下一个蒙古族女孩的未来。这个蒙古族女孩，是暑假里来基地的治沙员工的子弟，那年她刚好初中毕业，一连十几天的共同治沙劳动，我们成了朋友。她很漂亮，黑黑的脸庞上是特别精致的五官，卷曲的黑头发扎着马尾，听说她是寄宿读书的，要独自生活和学习，所以只有假期才能在父母身边。但是，她也拥有了超出同龄人的成熟，每当我们邀请她一起车行去沙地的时候，她总是微笑不语，默默地扛着工具和父母走路去。然而，中午在基地食堂，我们总能吃到她提前帮忙洗好的西红柿。这位腼腆又善良的蒙古族女孩此次前来，是为了和父母商量是否继续读高中的事，我们的到来加强了她与外界的连接，我们真心鼓励她一定要上大学，掌握好先进的科学知识，也走出沙地去看看外面的世界。只是我们听说她还有个哥哥在上学，父母更倾向于她能早点就业。

其实，面对这一片沙地要思索的有很多，环境的恶劣很真实，我们站在风里说话经常就会满口有沙，早上明明迎着太阳出门，中午就可能被暴雨打湿全身，还有一次赶上了夏天里的冰雹，我们躲在沙丘下面，听见树下拴的牛儿被砸得"哞哞"直叫……沙化对气候的影响不是可以放在更远的将来再去解决的，如果不继续读书，就可能无法更好地治理沙化。那时的我，心里会有种说不出的责任感，真心地想为她做点什么。我为她留下了我们学校的地址和我们的联系方式，虽然给她的那一刻，就已看出再相见的难度，但是她依然认真地读着地址，小心地收起来，也许就是这些细微的动作，让她在我心里多了一份牵挂，我一直期待能与她再相见……

　　时至今日，我们离开科尔沁沙地近二十年了，我默默地关注着它，知道那里涌现出了许许多多与草共生的治沙英雄，那一个个与沙奋战、同心共舞的感人故事，在这些平凡而美好的人们心中，真实的有着建设美丽中国、治沙复绿的大爱，我想这样的情怀还会在更广阔的时空中生根、发芽。这些年来，我虽然走过不少更具有内蒙古代表性的地方，但科尔沁的那片沙地始终都是我心中的情结。

牧人的迁徙与传承

美丽的草原我的家，

风吹绿草遍地花，

彩蝶纷飞百鸟儿唱，

……

骏马好似彩云朵，

牛羊好似珍珠撒，

……

啊，牧羊姑娘放声唱，

愉快的歌声满天涯。

这是我很小就会唱的草原歌曲，母亲教的，因为我的身体里流淌着一半蒙古族血液。小学上历史课时，我看着忽必烈的画像，捶了捶同桌告诉他："这个人和我外祖父长得一样。"同桌惊讶的表情好像我是从外星来的。高三那年，我听说少数民族考生可以高考加分，飞跑回家询问母亲，也就在那时母亲给我讲了一个有关过去的故事。

外祖父的老家在陕西临潼的零口塬上，那是外祖父、外祖母出生的地方，据说在这零口塬上很早就生活着一支从内蒙古高原迁徙下来的蒙古族人。他们本是鄂尔多斯高原上生活的一群牧民，遭雪灾的年景里，牛羊、毡包被暴风雪冲散，经过商议，部族首领便带着族人们熄灭了煮茶的烫火、套上勒勒车，开始了一路向南的迁徙。这一路是骑乘，是转场，也是生活，他们跨过了毛乌素沙漠，走过了黄土高坡的陕北，来到了关中盆地的开阔平原。因为祖先生活的高原地貌、远离喧嚣的居住习惯，这支蒙古族人最终选择了这座离地垂直高出几百米的零口塬。我想起，小时候回到这个老老家，我一站在塬上俯瞰关中平原，就能明白了"八百里秦川"的感受。

纵然是朝代更替，这支蒙古族人在塬上悄然地繁衍生息，也逐渐演变成了两大家族，一个姓张，一个姓王，虽然融合是历史不可逆转的车轮，但塬上相对封闭的条件，保留着他们脸膛上蒙古族人的特征，而这些特征又清晰地标明着他们的来处。这支蒙古族人自从上了塬后，生产、生活的方式也逐渐从游马放牧变为农耕田地和诗书传家。我的外祖父姓张，我的外祖母姓王，他们的故事就像电视剧里的剧情一样，经历了抗日战争、解放战争等离乱年代，飞扬着坚守与智孝的风采。

母亲故事中的主要线索是我的外祖母，她在我的印象中是一位慈祥的小脚老太，脾气很好，皮肤黑黑的但五官精致，母亲说外祖母是十里八村有名的巧手，谁家娶媳妇都喊她去做绣活，可是外祖母从小命苦，因家境贫寒过继给了舅舅，改姓了王。外祖母16岁那年出嫁，就嫁到了外祖父家，可是在新婚之夜就碰上国民党上塬抓壮丁，外祖父连夜跑到临潼县，找到当时已经是地下党的班主任，因长期受到革命熏陶，外祖父和同学们就带着班主任老师写的介绍信，又连夜奔向了延安革命根据地……这之后就是外祖父与外祖母的十二年分离。

关中平原上最有代表性的故事便是王宝钏苦守寒窑十八年了，它是女子对爱情忠贞不渝的故事，结局更是千古流传的因果报应，最后王宝钏苦尽甘来。我并不知道没有读过书的外祖母是否听过王宝钏的故事，是否从小便受其影响，但是在与外祖父离散的十二年间，她也苦守了十二载。起初，外祖父还有书信回家，后因革命根据地遭遇了敌人封锁，便音信全无，生死不知。那时候劝外祖母趁年轻、没孩子、好改嫁的真是不少，甚至包括了自己的公婆。战争的残酷不止是战场上的血肉横飞、精神崩溃，也烙在那个时代后方每个平凡人的人性中。时常有亲戚来问外祖母，"要是他打仗回来了，活是活着呢，但是伤了、残了，咋办嘞？没有了劳动能力，你可得照顾他一辈子，那时候你可走都莫项。"然而，这个黑瘦的小脚女人，不论别人怎么问，她都相信那个没跟她过上几天日子的男人能活着回来，于是白天里下地，辛勤地劳作，晚上里回到家，作为长媳伺候一家老小的炊、洗、做、涮。

生活的辛苦对于庄稼人来说，本不是什么事儿，他们有着这世界上最坚韧的脊梁，最节俭的度日方式。塬上相比西安城的炮火连天，虽然离乱但还有些物理屏障，只是在那个年代是吃不饱的，征兵、征粮、抢粮，老百姓们过得很苦。外祖母是家中的长媳，她嫁进门后自己的婆婆还在不停地生孩子，外祖母曾说，外祖父的几个弟妹都是她帮着自己的婆婆拉扯大的。孩子小，营养不能缺，公婆年龄大，粮食又少，得紧着他们吃饭，所以外祖母虽然负责做全家人的饭，但自己只能吃点剩的，有时甚至是喝涮锅的那点汤水。

"苦日子就是熬着过的。"外祖母曾这样说。然而，这样的日子熬到了十二年后，一天有人敲家里的院子门，外祖母照例拍拍身上的灰尘，上前去开门，打开门来全不认识站在门口的这个人，只见他身着军装，高大威武，一口叫出"娥，是我……"。这是外祖父离家十二年后的第一次回家，外祖母说那时她觉得天旋地转的，晴天闪雷的，激动又不敢相认。这是终于盼回了她的人，我想随后外祖母的心情也是解放区的天，晴朗的天。

故事的后半段，发生了神逆转。外祖父自参加革命去延安，从解放战争胜利能探家的那年起，黑瘦的小脚老太太就成了一名光荣的革命家属。解放战争结束后，外祖父送外祖母去了识字班，在部队的医疗站给她看病、治病，打吊针补给多年损耗的身体。再之后，外祖父母终于迎来了自己的第一孩子……后来的生活经历中，外祖父母也曾因较大的身份悬殊、文化差异，出现过情感危机，在周遭不少家庭分离的环境中，外祖父始终没有抛下这个没文化的农村小脚老婆。我想这恐怕就是因果初心对外祖母的眷顾了。

我听着母亲说的故事，明白了牧人的迁徙与传承，多年来，或工作或旅行，我走过内蒙古的不少地方，总能体会到自己对这片广袤大地有着血脉里的亲近。我喜欢那些热爱自由、弓马娴熟、慷慨善良的蒙古族人，也敬佩那些影视剧作中的嘎达梅林、胡杨女人……每当走在内蒙古高原上，清风拂过脸庞，我都会想想也许自己几世前也曾在此欢然地生活。每当手掌轻抚着蒿草走在夏天的内蒙古草原上，我的心里都唱着一首歌：太阳出来心里暖，我的羊群如云洁白，我是草原的牧羊姑娘，心似蓝天敞亮，歌声随之飘荡……

额济纳的旅游发展思考

　　"欢迎来到我们草原的城市"，这是高铁到达呼和浩特（通称呼市），列车乘务员的第一句问候，带着草原人对这座城市的骄傲和自豪。呼和浩特，蒙古语是"青色之城"的意思，这与这座城市中随处可见的大青山有关。

　　走出车站，一座现代化的城市展现在我眼前。作为内蒙古自治区的首府，这里有随处可见的商业中心、完善的配套公建，它们的出现让这座城市比我想象中的更先进。呼和浩特的城市尺度相比内地城市更为宽阔一些，道路在强烈的日光下更像城市的纽带，安静、祥和地躺在高原光亮的大地上。我这一行是有关呼和浩特与额济纳的旅游行走，在呼市内有几个计划重点了解的地方，第一站就是去内蒙古博物院参观、学习。很幸运，我请到了一位身着民族服装的讲解员，她美丽大方，窈窕又耐看，北方女子不管身形如何苗条，骨子里总会多于南方女子一缕英气，这是我多年在南北方之间行走的生活感受。而今，我与她心意相投，便开始认真地听她讲解蒙古族的历史。

从讲解中得知"蒙古"最初只是蒙古诸部落中一个以东胡为族源的部族名称，后来这个部族逐渐吸收和融合了草原游牧的诸多部落，将"蒙古"发展成了各部落的共同名称。这是一个以血缘为主导，以森林、草原文化为核心的古老民族，千百年来他们生活在广袤的蒙古高原上。随后，由于和突厥人、回鹘人的战争，蒙古族分散至了内蒙古、新疆、俄罗斯贝加尔湖等地。据说"蒙古"的发音来自"忙豁勒"的音变，《旧唐书》中的"蒙兀"则是蒙古一词最早的汉译，其含义是永恒之火，此外在古代蒙古语中，"蒙古"一词还有质朴的含义。

蒙古部族于漫长历史中经历了战争和分化，直到公元13世纪，铁木真一统蒙古诸部，并在其后持续的70多年征战中建立了西至欧洲，北至西伯利亚，南达泰国北部、老挝、越南西北部，东达日本海的蒙古汗国，汗国幅员的辽阔，能征善战的铁骑都给世人留下了深刻的印象。而后，蒙古汗国逐渐走向了衰落，朝代更迭中，蒙古部族再次退居到蒙古高原，人口从元朝建立时的150万繁衍生息到了近1000万。这是漫长的历史演进，在这其中，蒙古部族在广袤的高原上也形成了自己的生存智慧，有自己独特的哲学思想，他们既信奉草原狼，也信奉森林鹿，虽然这是性格极其相反的两种动物，但是蒙古族人认为凶残、聪明的狼在他们的哲学中代表了对自然与生存的挑战，善良、美丽的鹿在蒙古族人看来则表达了对亲情、友情的无限眷顾，也许正是这样一硬一软、一刚一柔的精神动能带领着蒙古部族既能整合出顽强、庞大的军队，也曾以铁蹄征服过欧亚大陆。

在内蒙古博物院内，我听了三个小时的详细讲解，丰富了自己对蒙古民族发展史、蒙古高原地貌与地域风情的理解，这是一次难得的"民族志大餐"，不到这里不算得真的认识了蒙古民族。当我走出博物院的大门，再次眺望城市远处的大青山时，也就读懂了她的挺立与沉静，按照既定的行程计划，下一站要前往位于呼市南郊的昭君墓，我去看一看这位中华奇女子的安息地。

车行到达昭君墓的前广场，我踏上了台阶，一进辕门就看见了蒙汉双语的两块合并碑，一边刻着蒙语"特木尔乌儿虎"，意思是铁垒，汉文则书写着"昭君墓"字样，在历史文献记载中，这处昭君墓还有一个好听的别名，叫"青冢"。沿着陵墓的主路向前走，会经过董必武将军题写的"昭君自有千秋在，胡汉和亲识见高"的纪念碑，再向前走，便可见王昭君的汉白玉雕像，昭君雕像发髻高挽，青衣飘带，手握书卷，是千古清新的汉家女子风范。走过了雕像，我便开始上山，顺着甬道走上了眼前的这座青冢，站在山坡上，我回看这位奇女子为汉朝与匈奴守护的和平，正是眼前这座青色的呼和浩特城。这座城市的边界在日益扩大，经济发展也在日新月异，而这一切的变迁千百年来都在昭君的"注视"下发生，不得不说这也是一种功勋的纪念吧。接下来，我顺着甬道再向上，到达了山顶，山顶有一处古时立的昭君碑画像，碑后刻有"大德"两字的碑文。看到此碑，让我想起了那些为边地和平做出巨大贡献的汉朝和亲公主们，她们是此处的昭君，也是伊犁的解忧……历经几朝几嫁维护着边地的和平与发展，她们都是当时的外交家、奇女子，也无愧"大德"两字的实底。

当我站在青冢上，目之远及便可想象此地千年前的荒凉，想起正如《怨词》中的那两句："翩翩之燕，远集西羌；高山峨峨，河水泱泱；父兮母兮，进阻且长……"也许对于孤身来此苍凉大漠的和亲公主来说，唯有故乡的月光才皎洁如注，令人思乡情长，那就祝愿今夜长安清凉的月光，也洒在这青冢之上。

从呼和浩特前往内蒙古西北部的额济纳旗，只有一趟列车，经过一夜的车行，我仍没到达目的地。清晨，我在火车上睁开双眼看到了这样的世界：砂石、沙化和沙漠，它们是一样的沙，却有着不一样的"忧伤"。在沙漠里我是没有期

27

待的，因为从沙粒中可以判断不会有绿洲，但当经过戈壁或砂石层台时，我会渴望跟随车行看到土地、水源和城市，因为它们虽是一样的沙，但未完全风化的戈壁和层台会与生机更接近。这一路上的生命迹象也是如此，从灰黄色的骆驼刺到细绿的梭梭，再到一片绿色的芦苇荡，几棵红柳之后便出现了第一棵胡杨树，最终寻着生命的足迹，我来到了绿洲额济纳。这一趟车行，令我相信了水是沙漠的爱，而云是水的魂，沿途每一片倒映了云朵的水面，都满溢了生命的活泼。

额济纳是全国闻名的赏秋好去处，这里的胡杨林在每年9月底、10月初会呈现树叶金黄，连天成片，一派盛况空前的美景。这令原本是内蒙古最西端、连接新疆、靠近蒙古国的这座小城在近年来大有了名气，随着摄影爱好者对这片胡杨林的钟爱，图片更是风靡了网络，所以额济纳也成为内蒙古继呼伦贝尔、锡林郭勒之后，又一个新兴旅游目的地和网红打卡胜地。盛名之下，我对胡杨树的自身生长特征更感兴趣，同时，西夏黑水城那段神秘消失的历史，也是吸引我前来到此的真实原因。

其实，我国的戈壁胡杨林主要有七处，百分之九十分布在新疆，其中轮台、木垒的胡杨林在全国的美誉度也很高，在这七处胡杨林中，青海格尔木的胡杨林胜在它所处的海拔最高，而内蒙古额济纳的胡杨林则胜在了它的景色最美。随即，你眼前的任何一片胡杨林，都能看到一片片金叶闪动在树枝上，风吹过胡杨林，它们就粼粼发光，金黄色的胡杨在蓝天的衬托、对比下更为绚烂，置身其中的你，随手一拍就是大片儿。

在听当地人的讲解中，我了解着眼前的胡杨林，据说这里每一棵倒在沙漠上的胡杨树至少都有3000岁了，因为胡杨是一种生而一千年成长，死而一千年不倒，倒而一千年不朽的神奇植物。带着这样的神奇感受，我向着胡杨林深处走去，仔细地观察着这些散落在沙子上的树木枯干，它们的皲裂露出了树皮的缝隙，但不虫不蛀。我在沙地上随手拾起了一块枯干准备带回深圳珍藏，我想它会是家里"年龄"最大的旅行纪念品。置身于胡杨林中，如果你看着树与树的组合、断枝与新叶的对比、遒劲弯折的各种奇异造型，寂静中你不免会遐想在过去的岁月里这儿可能发生的故事，还有曾来过这儿的人，再往胡杨林深处走，你更能感受到自己内心的安宁，会想深深地探索生命的神奇而不落下对每一棵树的观察。

胡杨树，确实是一种非常奇特的生物，它们能忍受干旱的气候，对养分贫瘠的沙地有着极强的耐受力，此外一棵树上还可以看见三种不同形状的叶片。通常在胡杨树干的根部，会萌发很细的绿色新枝，新枝上的叶子多是圆形和椭圆形，而根部主干的树皮是灰褐色的，它们粗糙有裂纹，长着树瘤以积存营养。再举目向上看，目光聚焦在胡杨树的中部，就会发现树的中部长着长枝，长枝上长满了柳叶型的树叶，叶片细长并有锯齿边缘。继续向上看去，你就会发现胡杨树的顶部和其他树冠的部位，因阳光照射充足，长着枫叶型、杨树叶型的大片叶子。其实，这就是一种根据根部养分输送距离和光合作用能力，来生长树叶以适应自然环境的奇特现象。在干旱贫瘠的沙地上因地制宜、"智慧生长"的"一树三叶"法则让胡杨林自带了知识IP，也饱含着审美价值。

除了拥有中国秋天最美胡杨林之外，额济纳还有一段耐人寻味的历史。这座内蒙古最西端的小城，现主要下辖3个镇、6个苏木、1个农牧业示范区，在历史上曾是西夏的统治之地，"额济纳"不是蒙古语，而是党项语，意为"黑水城"，它是我国目前唯一仍以党项语来命名的城市，也是中国历史记载中出现过五次断档的神秘方外之地。在近些年的历史探索中，人们发现额济纳在古代还曾是匈奴人最早的首都，西夏王国最西部的黑水镇燕军司，也有考证发现这里可能还是土尔扈特蒙古族人的先祖曾生活过的地方。在这片黄沙之下，究竟有着怎样的历史秘密，它们之间又有着什么样的关联，这些都令我神往。

进入额济纳的黑水城参观，我选了一峰骆驼，骑上它游走在黑水城的城头上。远望眼前的一片沙海，想起考古发现，这里曾有一片相当大的水域，仅居延海一处就有726平方公里之大，所以额济纳因水得名，古时这里还是一处三面临水的富饶绿洲。这些传说都令人置身其中，浮想联翩。同时，据牵骆驼的当地人说，在很久以前，黑水城还发生过一场屠城大战，城外的黄沙中，还不时能发现不少人的碎骨，这就令我联想到历史上的公元1226年。那一年，正是南宋、金、西夏、蒙古汗国共存的最后一段历史时期，那一年蒙古汗国西征了西夏，首先攻下的便是眼前这座黑水城，而后一路南下攻取了西夏国都兴庆府（今天的银川），从此西夏政权宣告结束。如果黑水城外仍有大量的碎骨留存是事实，那么对于这样的一个人迹罕至的地方，大规模的战役很可能就发生在公元1226年那一场蒙古西征西夏的战争中了。

对于历史、人文、地理的爱好者来说，历史思考有所印证就会十分欣喜。随着与当地人的深入交流，我越发期待揭开这片黄沙之下的历史过往。随后翻查史料，我发现在西夏之后，元朝继续了对黑水城的管辖，并因它是内地通往漠北的咽喉要道，还加强了此地的建设，不仅增派了驻军，还迁徙了大量的汉族和蒙古族人前来黑水城开渠、屯田。同时，将纵向同经度的以下区域即西宁、山丹两个州合并在黑水城的管辖内，由此足见，一千年前的黑水城，已经是元朝西部管理的重镇了。但在元朝之后，黑水城的记载历史就出现了断档，神秘消失在了茫茫历史烟尘中，目前的地质科学考察证明，由于黑水城在14世纪中期发生地质变化，绿洲变成了沙漠，造成这里城池废弃、人迹消失。

我怀想着眼前的地质变迁，徘徊在黑水城西北城墙的宝塔下，这是一处夯土土坯的佛教宝瓶式宝塔建筑，从现有可观的城墙为元代扩建推断，这些宝塔可能已有千年历史了。千年来它们就屹立于此，既是黑水城独特的城郭标志，也是这里大规模佛塔建筑群的幸存者。同时，这些佛塔还是丰富的文化宝藏，但在近代遭到了俄国等国家以科考为名的开掘和破坏，他们带走了大量有关额济纳的历史文物和文献。所以，也许一方面因为成吉思汗死于西夏西征的途中，元朝自此对西夏历史不予编修，另一方面黑水城后期历经的文物浩劫，共同导致这里成为失落的文明。

我带着对额济纳历史可能性的思索，来看今日的旅游发展之路，深感除自然风光外，额济纳还需关注"人始终是精神动物"的这一观点。中国东西部的文化差异是额济纳旅游开发的背书所在，"大漠孤烟直，长河落日圆"，其中蕴含的苍凉与豪放，正可与东部"花满苏堤柳满烟"的柔软与舒适，形成反差价值，这正是一批西部文化发烧友渴望的深度体验。同时，在打造这类西部文化体验的旅游产品时，需寻找额济纳的文化细节来提升旅游价值的竞争力，我建议在现有文化遗存的基础上，在保护的同时进行整编呈现，将流沙掩埋的西夏文化，这里曾出现的多民族生息的历史场景，以及西域与中原文化在此地的交融发展，做一个历史的横截面展示，并以此来形成独特的文化旅游标签。

而在打造独特文化旅游标签的过程中，也建议参考"最好的保护是传承，最好的传承又是生产性的"这一观点，将旅游的衍生品，旅游的上下游产业整合起来，走全时、全链、全域、全员的综合旅游发展之路。如此，我们可以期待额济纳将会迎来人文旅游发展的中兴，以独特的文化魅力形成信息流，持续地输入庞大的旅游群体。

第 二 章

云南生活

有一处生活叫"建水"

云南是我颇有情感的一片土地，因为家庭的缘故，我自小会吃面条时便吃米线了。小时候，一本厚厚的、爱不释手的《祖国各地》图书中，有关云南的内容相当多。云南地处西南边陲，地域宽广，地质构造复杂，南北向、东西向、北东向的构造系都在这片土地上呈现着，于是在这片土地上就有了滇东北云贵高原、滇中盆地、滇南坝子、滇西山脉褶皱，也孕育出雪山、江河、丘陵、湖泊、草甸、盆地和光怪陆离的石林。然而，地形地貌的丰富性也带来了交通的困难，还形成了局域生产、生活的独立性，边陲地域与民族融合，于是这片土地上又有了汉藏语系、南亚语系等多民族语言和文化融合。

以上便是吸引我十余次前往云南的原因，每次去都有欣喜，云南的文化多样灿若繁星，我想这正是云南的魅力，也是云南旅游业长盛不衰的原因。其实，云南并非我国民族聚居个数最多的省份，新疆仅伊犁一个地区就有多个民族聚居，但是云南的民族风情文化做出了全国品牌，结合旅游经营收益和我当时的大学毕业论文《论云南绿色旅游经济可持续发展之路》的选题来看，云南的旅游业发展持续领先了全国十余年。

大学毕业后的多年间，我走过了云南的不少地方，昆明、丽江、大理、西双版纳、香格里拉、建水、腾冲、瑞丽、普洱、宁蒗。除了气候与自然孕育的美丽风光，我也感慨云南的内在美，是美在云卷云舒下云南人真实的劳作与生活。参与到云南人的生活中去，是我很长时期的理想，喜欢体验他们的日常，观察不同区域的社会构成，这都让我欣喜，其中第一个产生融入感的是建水古城。

建水位于云南红河哈尼族彝族自治州，南与老挝接壤，是典型的亚热带气候。一年的中秋前夕，我和好友从深圳飞往昆明，再从昆明乘火车前往建水，我们计划假期在建水体验一下真实的古城文化和生活。抵达昆明的当晚，已感到丝丝凉意，我们在酒店外的烧烤摊一边品尝地道美食，一边计划着各种安排。我们俩的运气真不错，这间烧烤店刚好是云南烧烤的第一品牌——红河烧烤，与我们的目的地又有关联。同时，意料之外的是在云南吃烧烤也是可以成套系、上规模的，不过两平方米的推车桌面上，整齐地码放了三四十种食材，从特色罗非鱼、腌肉到我们认识或不认识的菌菇、蔬菜，不得不佩服云南人对食物的专业态度，此刻缭绕的烧烤馨香，也让我们对接下来的建水生活更有好感，更加期待。

从昆明出发，火车一路南下，四个小时后，我们停靠在了建水车站，这是一个郊野气息与现代城市化相融合的车站，在我视线的前方有铁轨、土地和青草，而脚前是标准站台和钢结构的候车楼，到处都透着安全且不失清新的感受，带我们进入了离尘不离城的生活。我们将酒店订在了古城门边，办好入住，轻了轻行装，便向古城内走去。

我们眼前是一派真实的生活场景，低矮的电线从二层木楼的屋顶上走过，街道的石板路有些坑洼不平，店家随意倒出的生活用水偶尔流淌在街面上。街道两旁是生意店铺，卖着水果、肉干、建水豆腐和当地小吃，甘蔗汁和各种饮品就摆在柜台上，这是平常又真实的生活气息。此时，正是下午三点，慵懒的阳光透过树梢若隐若现地照着我们，走在这座古城的街道上，我感觉不到独克宗古城的商业氛围，也不觉得它和丽江古城有什么关系，我找到了贴近生活原貌的情绪频率，让心安宁了下来。

眼前的这座建水古城始建于南诏时期（公元810年前后），距今已有1200多年了，而它的出名是因为《舌尖上的中国》这档家喻户晓的电视栏目，其中展现的建水豆腐、草芽、大板井，为它带来了旅行和美食的爱好者。与云南其他古城有所区别的是，进入建水古城不需门票，所以它也不是严格意义上的旅游景点。在这一座安宁的小城里，走在我们身边的游人不多，主要还是生活在这里的古城居民，偶然有一些和我们一样的背包客或自由行旅人。

徜徉在古城温暖的氛围里，我们漫步到了建水古城最具文化代表性的朱家花园前，它也是同名电视剧的拍摄现场，剧情讲述了民国时期的越南华裔女子为寻找母亲生前的轶事来到建水，并与朱家少爷共同展开的一段关于历史、家族、战争、爱情的故事。如今，我们站在电视剧中多次出现的这座"滇南大观园"前，买好门票，准备一探究竟。这座朱家花园，总占地2万余平方米，是拥有42个天井，214间房屋的乡绅大宅，从建筑类别来看，采用了建水当地的三间六耳三间厅的传统设计手法。它独具匠心，注重花园情致设计，这里的花园在滇南一带颇有声望，可以做到宅内数个大小花园既景色别致又互有不同。同时，建筑细节如飞檐、雕梁、彩绘也处处精美、风雅，彰显了建水地区的汉文化魅力。

我们先从左向入门，眼前是待嫁姑娘的绣楼，绣楼之后是直对宅中最大花园的院门。右向起一排厢房，厢房后是一孔园林拱门，拱门正前方有一排宴客的厅堂，厅堂向右则是一座古戏台。左右两向的建筑动线向后延伸，是多处功能用房和可居住的四合庭院。细看四合庭院中的厅堂，多是简单素雅、窗扇明净的布置，各处园林景观，曲径通幽又转圜连接，既注重层次又讲究丰富性，如果一处是假山盆栽，另一处则会有小小竹林。置身其中，我们像走进了穿堂回廊式的迷宫，蛮有刘姥姥进大观园时的好奇。

如此大的宅院，加上移步换景，虽流连忘返但也会走累。累了，我们就找一口水井，蹲下来看井中的云朵倒影，此时蓝色的天空、白色的云朵就浓缩在一口小小的井中，看的时间一长，便能见到云走云飞，这口水井也变成了流媒体的播放器，我们蹲了半小时竟都不觉得乏味。走过合院，我们来到了古戏台，这里是朱家花园参观人流的集中地，人们可聚在戏台两边的桌椅上休闲。古戏台的右侧有一处小门，通往小门的小路上有一排靠墙的细嫩青竹，下午的阳光虽已曝晒直射，然而有青竹的遮挡，日光在小路上洒下了星星点点的光斑。清雅又浪漫的景象吸引我们停下，呆看小路与青竹，享受着朱家花园里祥和的时光流淌。朱家花园的意境之美，着实令人心旷神怡。之后，我们带着职业嗅觉将三套三进的院落再走了一遍，希望复刻它的结构和探讨设计细节。

时光飞快，已到了下午关园时间，我们迈出了花园的大门槛，缓缓向街边走去。此时，朋友一定要亲眼见证《舌尖上的中国》中的那口大板井，而我颇感到兴奋之后的疲倦，于是走进街边的烧豆腐店等她。小店里三三两两的人坐在桌边宽宽的木条板凳上，建水豆腐是一个个鼓胀的小方块，放在桌子的炭炉上烤，烤熟后店家会客气地询问这一轮你要几块烧豆腐，然后按量拨进你的碗中，客人可以根据自己的口味选择椒盐、麻辣等各式蘸料，然后静静地享用，所以这种建水烧豆腐店里没有都市餐饮店的嘈杂，有的只是轻声的交谈。我喜欢这既安静又自然的氛围，同时分餐也能增进互动，一圈烧豆腐分配下来，围坐在桌边吃豆腐的陌生人便自然而然地交谈了起来。交谈中，时光慢慢地流动，食客们在自由、闲适的氛围中交换着信息和心情，我想这就是古城人的日常生活吧。等到店家结账时，也不会问客人吃了多少，他们以黄豆计数每轮的分配，客人也不会去核对这些个数，静静地付账，彼此都默契地不打扰店内闲适的氛围。

时间已过饭点，我们对比了建水的日落时间比深圳要晚一些。时近八点，我们在微黄的夕阳下，前往建水小调的演出现场，这是又一个体验古城生活的好去处。建水小调不同于云南少数民族歌舞，它是以汉族小调为基础，吸收当地彝族音调融合而成的特殊曲种。小调的演员们在舞台蓝紫色梦幻的灯光下，身着汉族古典服饰，带着彝族的鸡冠帽，撑着各色漂亮的绢布伞，轻声演唱着方言曲调。虽然曲调以汉族小调为基础，但当地口音相当浓厚，我们就听着小调，猜着舞蹈语汇，喝着沏好的云南绿茶，真也别有一番滋味。也就在那时，我忽然明白了为什么云南人个个都是家乡宝，也许就是宜人的自然气候，丰富多彩的文化让云南成了一份难以割舍的乡恋，这份乡恋让古时走夷方的云南男人落叶归根，让如今在北京、重庆读了大学的云南学子愿意返乡就业。

此外，在建水古城里，我们还获得了不少其他生活和文化体验。首先，是品尝了当地美食，除了建水豆腐，这里的草芽也名不虚传，建水人用它加入到各种菜式来表达对它的喜爱。草芽有着如葱白的根茎，独具水生植物的清香，只是它对生长水质的洁净度、采摘和加工的保鲜度要求很高，所以生长和流通的难度大，从而也成就了它仅为建水当地美食的独特性。

其次，我们发现在古城的大街小巷还有一种独特的地理标志性产品，是紫陶。这种陶器的产量并不大，但特点是陶胚含铁量高，所以成品的硬度高、强度大。紫陶的技艺传承人告诉我们，如果将紫陶表面做抛光处理，就会呈现世上陶器难得一见的光亮如镜，所以紫陶近些年来很受市场追捧，有坚如铁、明如水、润如玉、声如磬的艺术价值。另外，将紫陶称之为地理标志产品是我们在查看文献资料后的归纳，原来早在新石器时期，建水当地就有了原始人制陶，从陶制装饰品到汉唐时期的生活器具，再到清朝正式定品为"紫陶"，这项古老的制陶技艺走过了几千年的历程。同时，在漫长的演变时间里，建水人在紫陶装饰上也不断精进，以汉族书画镂刻、彩泥镶填的手法让古老艺术焕新，从而紫陶也就成了"建水文化的活化石"……

　　我们在建水古城中的几日闲适小住，是体验丰富的真实生活的契机。从建水古城的各种生活、文化现象来看，我发现它们始终有一个共性，那就是没有脱离生活的原貌或日常的属性。同时，这种不失生活热情又闲适的内心愉悦，既不刻意也不浮夸。"真实而美"是我对建水古城的总体感受，相信这样的古城，它的发展永远不会枯竭，它的魅力也正像生命的活水，随着生活的演进汩汩而出。

哀牢山经行记

继建水行程之后，我们便向此行的终极目标——元阳梯田进发了，这是一处广为人知的景观，这些年不断吸引摄影发烧友前来。冬天收割后再注水的层层梯田，既是大地的反射镜，更是农耕文化的壮观诗行。然而，这处景观除了它的观赏性和艺术价值之外，根基是哈尼族人世代耕耘大山、开垦生存之地的人文奇观。随着探访元阳梯田的行进，我们也首次踏入了原本封闭的哀牢山腹地。

驱车进山之前，天才蒙蒙亮，我们一入哀牢山便感觉与山外红河州温暖的气温有所不同，清爽、舒适的山风随着车窗飘洒了进来，我们不自觉地靠向两边的车窗，呼吸着迎面而来的洁净空气，它们清甜又湿润。我拿出手机用软件测试山中空气的负氧离子数，竟高达每立方厘米1万个。就这样，我们一路呼吸着空气"维他命",抵达了元阳梯田的多依树景区。

我们站在一个个由大小不一的梯田组成的"田山"面前,震惊于哈尼族人身居大山,却勤劳、顽强,这农田的开垦能随山势地形而变化,坡缓地大的山体就开出大田,坡陡地小的地方就开垦出小田。这些小田之小远看像是簸箕,走近一看也就半平方米有余,但是这种既不惧其大、也不弃其小的垦殖,积少成多,让这里的一面山坡往往能开垦出成千上万亩的田地。我走在梯田的田埂上,发现石头和泥土垒成的田埂并不易行,但是能发现沟边和坎下的石隙里也被哈尼族人开垦成了田,虽然这并不是我们常见的丘陵梯田,也没有风吹麦浪的美景。

翻查当前我国农业稻米的平均亩产数,再结合山地的土质、日照等因素,我们大概可以推测出这里每亩田地的产稻量约不到1000斤。根据实际情况,出米率按照低于江浙地区的平均水平来计算,那么可以推算出这里一亩田地大致可以收600到700斤大米,如此一山坡的一年垦殖的收成就有了600万斤左右。经过推算,让我们更客观地认识到了这"田山"的威力,我想这就是哈尼族人能在这哀牢山腹地繁衍生息长达1300多年的秘密了。

此行是我坚持要来哀牢山腹地的,想看一看哈尼族人的生活情境,这是源于自己大学时期的一个不解之缘。那时候，我所在的校舞蹈团正排练一支名为《看看》的哈尼族舞蹈，表现的就是一组哈尼青年男女梯田间行进、相遇，劳作中含蓄表达爱意的片段。当时的我们，都是第一次接触哈尼族舞蹈，它不像维吾尔族、蒙古族、傣族舞蹈那样为人所知，所以刻苦地排练直到演出的那天。演出的当天，我们系上了蓝布围裙，头戴碎花布小帽，舞台上表演着独特的哈尼舞动作，也正由于题材新颖、舞姿优美，我们还获得了省级大学生舞蹈比赛的一等奖。自此之后，我就很期待来看一看这舞蹈艺术源头的真实生活，舞蹈语汇背后的那个哈尼族风土人情……

随着被哀牢山中的景色所吸引，我们车行与步行结合，继续走过了爱春、大瓦遮上万亩的哈尼族梯田，我们取景、拍照，希望将茫茫云海下秀丽的梯田尽数留在心底。站在田埂上，头顶着湛蓝的天，眼望着丰收的田，我也找到了放飞自我的心情，向朋友比画着当年的舞蹈，就这样，我们边笑、边跳，找到了此行最欢乐的时光，也更主动地走向景区人流汇聚的地方，去参与到游人的活动和心情中。顺着景区步道向山上走，我们接过一位热情兜售民族服装的老板娘顺手递来的衣裳，这些彝族女子的服饰可真漂亮，传统的鸡冠帽上有精美的刺绣，已婚妇女的缠头上也点缀了珠串，衣裳的领部、肩部和腰部夹边，都绣着蜗牛、喇叭花等源自自然的花样，同时手工缝制的针脚和艳丽的玫红色布料就像火把节一样让人愉快，我想买下它，它会是拥有美好记忆的一件衣裳。

之后，我们正要走出梯田景区时，被一群小姑娘围了上来，她们年纪很小，都是学龄前的孩子，热情地向我们招手，上前拉着我和朋友买她们手中的土鸡蛋。这种情况当天不是第一次遇见，所以我们没有感到太多的意外，饶有兴致地打算和这群孩子们聊会天。她们当中有戴哈尼族小帽的，也有穿着彝族服装的，看得出她们是邻居但不是同一个民族，言谈中我发现她们对于山外的世界是知之甚少的。以我的经验来看，如果当地旅游纪念品集中在农副产品上，那么说明当地的生活条件是比较艰苦的，只是让我不解的是，为什么这群孩子都是小姑娘呢。与我对她们的观察的角度不同，她们更关心我们何时买她们的鸡蛋，其中一个拉着我的衣角，比着小手告诉我，一块钱一个，还是煮熟的，现在就能吃。

最后，我买下了所有的土鸡蛋，因为在这里当你要买任何一个小姑娘的鸡蛋时，其他的小姑娘就会问你为什么不买她的，我想还是遵从这里的原始公平主义吧。买完了鸡蛋，她们开始放心地和我们玩耍，犹如山间的精灵一般露出清澈、美好的微笑，我能记住那天每一张可爱的小脸，她们的笑脸没有城市孩子的羞怯或傲慢，而是天真快乐地看着你或镜头。这就是哈尼梯田上最真实的人与事，我心里关心的是她们稍长大后，家里能不能供女孩子读书，她们又肯不肯努力。

　　这一日的早晨，我们在进入哀牢山的车行途中，经过了一个哈尼族村寨的集市，我们看到许多黄牛被成群地赶入一片泥地，司机说这是集市准备交易的牛群，一会儿买卖它们的人就会出现。司机还说哀牢山中赶集的风俗是很兴盛的，按日子哪个寨子赶集都会吸引附近村寨的人们前来。这一日的下午，我们在准备驶出哀牢山的车行途中，再次经过了这个集市，集市里的哈尼族妇女无一例外地身着黑衣，头顶着黑色的包头巾，只在额前和脑后挂一串彩色丝线作装饰。另一边的哈尼族男子们，聚集在可以看到他们的女人但又相隔一段距离的山坡上，他们穿着彩线刺绣或镶着银泡的对襟上衣和宽大的长裤。从服饰上来判断，这些男女都是典型的红河哈尼人的衣着样式，然而从一家男女分属性别聚集的情况来看，可能哈尼族人的聚会就是以这种打破原有家庭组织结构的形式出现的。虽然这种情况在内地极少，但在云南地区并非特殊，我也曾在大理古城中看见过一队彝族妇女，她们统一着装竖向成队地走在古城里，队伍的前面有一位彝族男性带领，据说这样的队伍都是出山采办货物的，他们也没有以家庭为组织聚集。

　　虽不是第一次看见这样的景象，但我想知道这种男女群属分离的社交行为，因何而成。那一刻，让我颇有联想的是喀麦隆的多瓦悠人，他们虽是夫妻构成的原始部落，但即使一个男人妻妾成群，他也终日与男同伴们相处，而女人则与男人的其他妻妾或女性邻居共处度日。同时，多瓦悠人家庭的男女主人的家庭劳动也是分开进行的，男人种男人吃的，女人种女人吃的，只有在需要大力气才能完成的活计面前，男人才会帮助他的女人。此外，多瓦悠人家庭的男女主人的日常生活与饮食也是分开进行的，似乎只有在繁衍后代上才会有所关联，他们可能是完全不知道彼此的内心世界的。所以，我略有担心此处大山中见到的静止般眼神，也像是缺少了对生活的期待，不知含蓄或沉睡的心灵是否也期待被唤醒。

哀牢山中的哈尼族是古老的民族，民间有流传彝族、哈尼族和拉祜族都是古代羌族后裔的说法。古代羌族是生活在青藏高原上的部族，由于战争、气候和生存等原因，一路南迁分散生活在西南各地，以上几个民族虽在服饰、语言上出现了分化，但彼此之间相近性很强。同时，融合与发展也让哈尼族的内部支系繁多，聚居云南省内的哈尼族主要生活于澜沧江与沅江之间。哈尼族自古就是淳朴、热爱自由的民族，我曾走访过西双版纳的爱尼人，他们居住在西双版纳的山区，之所以被称作"爱尼人"，相传是外国人对他们自由奔放、不拘性格的称赞。爱尼人是哈尼族的一个支系，他们在区域服饰文化上与哈尼族崇尚黑色有所不同，爱尼人有自己的风格，以藏青色的土布做衣服，喜欢羽毛，女性还会将羽毛染成彩色，一支或多支地插在自己的头发或头巾上。

另外如我们所见，哀牢山中还有一个古老的民族，是彝族。彝族为西南地区人口众多的民族，分布区域与哈尼族相比，更为向东，多在云南、四川、贵州和广西一带，其中哀牢山也是彝族古老的聚居之地之一。历史上反抗清朝压迫，提出"彝汉庶民，共襄义举"的哀牢山起义就在这里发生。另外，如果去了解旧时彝族的社会结构，就会发现很多有趣的现象，在彝族社会中以分工和等级不同，又分化出了黑彝和白彝，他们各司其职、力尽其用。通常，黑彝负责军事保卫、治理统治、农耕技术改良，比如凉山的马铃薯就是历史悠久的优种、优产的研发成果；而白彝则负责生产落实，同汉人外交和贸易，他们从属于黑彝的统治，通常是黑彝的管家和外联人员。此行我们有幸走进了哀牢山腹地，进一步加深了我对民族发展的观察和理解，也带着更多好奇结束了这趟哀牢山的经行。

我们驱车驶出山外的一路，刚好是太阳与月亮的交替时分，那时的天空变成了莫测的暗影画布，哀牢山的风情令我十分难忘。然而，杨二车娜姆老师说，云南还有比哀牢山更神秘的所在……

泸沽湖"女人"的社会

八月的海南是湿热的夏天，作为演讲嘉宾的我前往海南参加了房地产殿堂级的盛会——中国房地产博鳌论坛。其间聆听了各位专家的精彩分享，参加了闭门理事会议，明确地意识到企业管理须围绕业务迭代，在地产转型的关键之年，新战略、机制、组织、文化、人的经营整合至关重要。在极度烧脑的思想碰撞和随后一个阶段的组织内落实之后，我迎来了一个短暂的假期用以放松精神。假期目的地我就设定在杨二车娜姆老师的家乡——幽静的泸沽湖，去湖边发发呆。

深圳没有直飞泸沽湖的航班，需要从昆明中转，据说当天我们的飞机能平稳降落已是雨季中的恩典，每年因雨季或气流导致飞机无法降落的情况不在少数。为保护泸沽湖的环境和村民经济发展的需求，泸沽湖边的主流住宿模式是客栈或民宿，我还是第一次尝试这种住宿体验，好在预订的客栈就在大落水村口，不必走一公里的石板路再折返客栈，这对经历了远程飞行和一小时山路颠簸后的人来说，的确是个幸运。此时的大落水村，阳光正好，湖水蓝净，客栈老板夫妇是一对基督徒，口碑好得刷爆了旅行网站的留言区，虽然我只有短暂的假期，但是我相信此行会是美好的体验。

安排停当已是太阳落山，泸沽湖边的昼夜温差很大，用过晚餐，老板建议我早些休息，以便第二天精力充沛地看山、游湖。那一夜，感谢有毛毯与电热毯的交替工作，我在温暖中睡了个好觉。第二天清晨，我正常早起，漫步在湖边，梳理着前期的工作思路，身边的湖水清澈干净，小银鱼细长的身体在湖中就像银线在湖面下穿行，我可以清晰地看见它们的脊椎与骨架。走过了湖边碎石，我近距离地靠近了湖水，一股水体的清凉从腿部窜至了我的上身，此处湖面上有几艘摩梭人的猪槽船，它们细长又俊美，虽然泸沽湖边的摩梭人早已不再以捕鱼为生，但是船为湖的伴当，湖是船的依靠，没有船的湖，不美。

泸沽湖的日出与我日常所见的不同，这里的太阳瞬时间就光芒万丈了，应该是清新、洁净的空气助力太阳快速地展示了温暖的权威，同时，湖面的反光也帮助到太阳将金光闪动在了这片水面上。我的不少朋友因云南旅行晒得黢黑而抱怨，嚷嚷着明明用了高倍防晒霜仍不能幸免，我想，其原因正如我眼前所见，一来云南的紫外线格外强，二来是这万物都在阳光的漫反射中，谁都"在劫难逃"啊。

此时的泸沽湖已开始入秋，呈现出了一幅季节交替的多彩画面。湖水深蓝、宁静，入秋的树木已有焦色，其他耐秋的树木还是绿意森森，这让我既不担心酷暑，也不畏惧秋寒，蹲下身来撩水嬉戏，很惬意。感受了湖水的清凉，我抱手坐在湖边的石头上观察近处的湖底，原来水质处处清澈，此处湖底中的碎石块块清晰可见，连碎石上的青苔都丝丝分明。起身沿湖边再向前走，我看见了一片粉紫色的格桑花，它们自从为人所知，便出现在了各式景区内。然而，格桑花的美除了色彩，我以为更要等风来，这种草本花朵在风来之时，摇曳、轻盈又灵动。这时，以花为前景，以船为后景，无论摆出怎样的造型，我都有天地与自然共美的摄影意境。

渐渐地，湖岸与村子的街道融合，路的前方弥漫着摩梭阿妈煨桑的香烟，一座藏传佛教的石塔出现在我眼前。塔刹上有四条系铃铛的铁索，连接着塔刹最高点与塔边四个石狮的柱体，塔瓶向着湖面的那一侧刻有宗教人物的头像，塔座则是由三部分组成，中间部分的塔身上刻着背向而对的一双麒麟。以石塔的观感来判断，它不像是年代久远的建筑，但从摩梭阿妈虔诚的敬拜来看，它的确是当地人的精神寄托，塔身下部还有专门用来煨桑的石洞，阿妈将篮子放在石门边，点起篮中的桑柏，顶礼做着祈祷……走在这条流淌着冲水的街道上，我一个回头望去，清晨阳光与烟火缭绕的空间，已将我的心带入了泸沽湖的世界。

住客栈的好处是能融入当地人的生活，把可能了解摩梭人生活的机会留出来，我选择了一家街面小店吃早餐，坐下来喝杯牦牛奶，吃个煮鸡蛋，或者来一份地道的砂锅米线，还可以看着远处的神山、近处的母湖，自然地融入当地人的生活内容中去。泸沽湖边以川滇两大菜系为多，共同点是取材于当地，不同点在于烹制方法，所以在随后的假期就餐中，我逐一体验了当地的特色蔬菜，青蛙皮、豌豆尖、波叶海菜花，既新奇也好吃。各式川滇小店开满了泸沽湖边的街道，我常去的那家小店，老板娘不是当地人，但是由她出面招呼生意、厨房操作和上菜，老板好像是当地人，身材高大、五官立体，但他们都是除与客人有必要交流之外，都十分安静的人。只是在这份清静中，也有礼貌和贴心，当老板娘端上牦牛奶时，老板一定会在5秒钟内放上食客所需的餐巾纸。

早餐后，我走街里不临湖的那条路回客栈，这样会经过当地人的住区。泸沽湖的摩梭人每家每户开门朝街，高高的院墙，偶尔有几树梨子伸出墙外，秋天的梨子已到了成熟的季节，黄澄澄地挂在枝头，在湛蓝的天空下格外诱人。院墙外各家砖砌的花圃里，偶然还能看到一朵鹅黄色的大丽花，花盘有手掌般大小，十分娇艳。等我一路行走回到了客栈，老板已经帮忙联系好我去游湖的车辆和司机，接下来便可以环游泸沽湖，登里格半岛，走情人滩和渡草海啦。

司机是一位黝黑的摩梭汉子，由于常年接待泸沽湖的旅行者，他能准确地把握每个行进时间和路线，这让我短暂的假期变得高效。上午我开始环湖，车子开过了大落水村、小落水村，靠近了里格半岛的岸边，眼前有大小不同的两岛伸向湖心，远看像不对称的蝴蝶结镶嵌在湖面上，半岛离湖边较近，圈出一个"U"字区域。站在高高的湖岸上远望，里格半岛是碧蓝的天水间，孑然独立的美好。泸沽湖的岛，没有椰风、白沙、烂漫的风情，但它是我这样的远来的行者最喜欢的样子，有棱角，有不同。登上里格半岛，我看到了旅游发展的各种配套设施，据说每年的春节前后是这里最繁忙的时段。

环游整个泸沽湖大约需要四个小时，期间会穿越云南、四川两省，一路上比较有趣的就是登里格半岛和里务比岛。里务比岛上有座里务比寺，司机向我介绍它的来历，它曾是一座藏传佛教的喇嘛寺，当地摩梭人每年农历六月初四都会登岛念经，祈求佛祖保佑人寿、粮丰。如今，我眼前的这座小寺佛事已经冷清，只有供桌上的酥油灯依然燃着，寺外的山路许久没有人修葺了，它们保持着泥土的本味，土路旁开着野花，野花吐着黄色的花蕊。我静静地走上小寺，又悄悄地走下来，相比里格半岛的商业开发，里务比岛可能是一处更接近杨二老师笔下的神秘女儿国。

我们继续环湖前行，来到了四川盐源一带的泸沽湖边，这里的湖景就不相同了。从湖边的浑黄水体，到稍远处的青色水体，再到湖心清澈的蓝色水体，虽然有可能是暴雨所致，但作为中国第三大深水湖泊，泸沽湖的最深之处可达近百米，水深50米的区域也占到湖泊面积的一半，所以从湖体自净的能力来判断，眼前的水质变化，也可能是这里的环保意识不同于落水村所致。传统中，大家认为泸沽湖的最好景致是云南境内的一段，所以其他湖区并未做旅游开发，但以眼前四川境内的这一段泸沽湖来看，我认为虽输去云南一份柔美，却平添了一份壮阔，当下没有旅游开发不代表未来没有开发价值。所以，我认为对水质的保护应是长期和重点关注的，它也将有利于每年的环泸沽湖的骑行赛事，骑行赛事既是将泸沽湖的美宣示给了世人，同时这类节事活动也将促进当地的经济发展，如此一来，水质环保还是根本建设。

再之后，我在走婚桥、草海游览中，向司机询问起了摩梭人的各种生活习俗。虽然摩梭人人口不多，仅聚居在宁蒗、盐源、木里一带，但他们身上的故事很多。早期摩梭人被认为是藏族，又一度身份证标注为纳西族，有关他们的民族划分，很早就引起了我的关注。随后，伴随着旅游开发，不断呈现出摩梭人母系氏族的社会特征，他们拥有不同凡响的婚恋形式，这些更让我此行期待去感受其中的奥秘。

　　我翻查了资料发现，摩梭人曾是古羌人的一支，在战国时期为了躲避秦朝的统治，远迁至云南、四川一带，所以他们在血缘上、外貌特征上的确和彝族、藏族有一定的相近。同时，我以为云南复杂的地质构造形成的局域环境，既封闭又保护了摩梭人的生活空间，这使得他们在远古生活习俗的继承上又自成了一体，沿袭使用并繁衍生息了许多年。

　　例如，摩梭人的冬季温泉沐浴是不分男女汤池的，也不以同泉共浴为耻，我向司机了解其中的原因，概括起来我得到的回复是由于摩梭人居住在山路遥远的崎岖之地，赶来沐浴无法拘泥时间和性别，自然而然就形成了流动汤池的概念。这其实也是一种崇尚自然的理念，但它是不是摩梭人其他生活习俗背后的那个共通逻辑支持呢？假设摩梭人独特的生活习俗是承袭远古，那么又对应了哪些远古的生活条件呢？同时，站在今天的时点来看，这些习俗面对未来又将走向何处呢？这些都是我在泸沽湖边短暂假期中，想与摩梭人交谈，去参加了他们的甲搓舞会，走进摩梭人家参观的原因，同时又通过这些深入的体验，也逐渐对以上问题有了自己的认识。

　　首先，走婚如果从存在即合理的角度来看，可能是一种远古部落生活的印迹。它的优势在于这种情感关系缺乏独占性，即使分开了也不忧伤。同时，不会因为情感而涉及家庭财产分割，有效地保护了生产资料和劳动力，所以走婚在摩梭人的世界中虽然经历了多次洗礼，但是仍存续至今。历史上，元朝南下征伐云南后，曾要求过摩梭人实施男婚女嫁的制度，其中摩梭贵族是需要结婚的，但走婚之风仍屡禁不止。再到后来的明朝初期，明军打败了残元势力进驻云南，实行的土司制度同样是要求摩梭贵族需效仿汉制，实行一夫多妻的嫁娶制度，但仍未能改变这里走婚的情感主流。

其次，经过观察，我发现远古生活的印迹可能在摩梭人的生活中并不孤立存在着。摩梭人崇拜火，家中的火塘享有很高的地位，火塘不仅是家庭、宗教活动的中心，还是商议家族大事的固定位置。常年不熄的火塘，是否借意了远古人们对生命之火的崇拜寓意？同时，现在的火塘还是摩梭人家取暖和恒温的必备，这是否也和远古人们夜间以火堆驱赶野兽，取暖求生的智慧又一脉相承呢？那一口火塘上的吊锅，直到现在依然能够神奇地完成各种不同烹饪的需要，如此，摩梭人是否也延续了远古人们对火的纯熟驾驭能力呢？

此外，传说摩梭人曾有过在死者生前居住的房内火化的习俗，这种古老的丧葬方式更像远古人们对洞穴的使用，似乎承袭了更为古老的文化气息，而今摩梭人仍以送魂、洗马、火葬的方式继续着灵魂回到祖源地的寄托……在试图探索和理解摩梭人的生活习俗过程中，我深深地感到这些习俗传承的确幸，正是他们保留了活化石一般的印迹，才对于回看人类历史与发展大有裨益。

　　时间已至归期，我端详着格姆女神山下的这片泸沽湖，心中有所感悟，也许正是母系文化的滋养与包容，才保守了这片土地的柔美和淡定，这是任凭岁月的冲刷，都在天地间大写的精彩。

滇西历史、文化之我见

有一年的元宵节后，我在出差返回深圳的航班上，遇到了一位来自云南德宏傣族景颇族自治州的景颇族女孩，她有不同于汉族女生的气质。一路上，我们饶有兴致地聊着深圳和她的家乡德宏，聊着景颇族的目瑙纵歌、目瑙示栋和景颇先民历经千辛万苦来到德宏的故事。她告诉我如果想要了解她的家乡和民族，可以看看《景颇姑娘》这部老电影。

回到深圳，我就看了这部片子，影片讲述了一位从小失去父母的景颇族姑娘，从流落山间被当成野人到积极参加土改革命，团结族人与旧时山官做斗争的故事。虽然是黑白胶片影片，但是可以看到景颇族的生活习俗，他们对刀的崇拜和纯朴、直爽的性格。随后，我翻开了家中书架上的《西南边疆民族研究》一书，找到了傣族和景颇族的族源和迁徙历史。原来，景颇族和古代青藏高原上的氐羌人有关，唐代称他们为"高黎贡人"，在景颇语中"高黎贡"是"母亲"的意思，所以高黎贡山之于景颇族人来说是母亲山。同时，资料显示云南东部的景颇族生活在澜沧江以东、金沙江地区；西部的景颇族居住在澜沧江以西，直至缅甸境内，后来东部的景颇族因战乱不断西迁，所以现在的东、西部的景颇族都聚居在了德宏地区。虽然景颇族的国内人口不多，但他们是一个古老的民族。

此外，德宏之所以得名傣族景颇族自治州，是因为傣族的大量聚居。除景颇族和傣族外，德宏地区还有德昂族、阿昌族、傈僳族、汉族等民族聚居。这些民族世代杂居生活在一起，既和平友好又保留了本民族的特色，就以共同擅长的舞蹈来说，傈僳族的鸟王舞、傣族的孔雀舞，还有享有"东方狂欢节"美誉的景颇族目瑙纵歌，都是非物质文化遗产传承又各有千秋，如此热闹的民族文化盛景更增添了我对滇西德宏地区的向往。

那是遇到景颇姑娘三年后的夏天，因工作调研，我有了一个开启德宏之行的契机。飞机刚到瑞丽机场，我们就被瑞丽的蓝天白云征服了，虽然蓝天、白云是云南共有的表情，但是瑞丽的蓝天白云堪称云南之最，它们蓝得"一丝不挂"，白得闪亮发光。一出机舱，我就明白了为什么景颇姑娘不在深圳买房，习得本领后要回家乡发展。七月炎热的下午，我们坐在车上依然忍不住要打开车窗，前往市区的一路上，路边是农家和田地，稻米青青暗香浮动，时而飘过农家肥的原乡味道，碎石铺成的林荫道车少路宽，我们的心情也开阔起来，几乎忘记了此行怀有的工作任务。我与同事一行三人来滇西调研，第一站是西南丝绸之路的咽喉之地腾冲，第二站是具有外向交通连接力的小城瑞丽，对于滇西地区的文旅地产项目开发来说，土地资源的禀赋普遍是高的，然而开发关键还是在于客户导入和持续形成市场关注的这两个方面。

车子缓缓进入了瑞丽市区，街道与水泥马路，看得出是有些年头了，道路两旁高大的菠萝蜜树，一入夏季，大大小小的蜜果已结满了一树，焦黄色的外壳告诉人们，它已甜蜜可口。这是一座边境小城，没有高大的建筑物，低矮的电线偶尔搭在路边房舍的顶部，我们也没打算用任何城市标准来评价它，因为它的美就是这听凭世界风云，我自闲庭信步的悠然。

要切入这座小城的内心世界，我们就必须走进它硝烟弥漫的昨天，瑞丽不只有今天的恣意烂漫，还有一段峥嵘岁月。我们首先来到了畹町口岸，这是一处重要的国门，现在口岸的左右伫立着两座五层高的边检办公楼，两栋办公楼围合成一个向外的喇叭口，喇叭口中间伫立着旗杆，旗杆上飘扬着五星红旗，旗杆的正后方就是国门，国门的后方是分隔中缅国界的畹町桥。这个口岸，是我们见过的最小口岸，只允许车辆通行，桥面不宽仅可单向行驶。然而，就是这个貌不惊人的口岸，曾经是抗日战争时期的一处兵站，中国十万远征军就是从这个口岸出境，赴缅作战。同时，它还是支持国内抗战的大批海外援华物资运入中国的必经之路，多少年轻的南洋华侨机工在敌机轰炸下，用生命保卫着这条抗战运输线。

我们站在口岸前，炽烈的阳光下思绪飘飞，我似乎能看见那个年代的炮火硝烟、青春与热血。历史是一段尘封的记忆，就像畹町口岸的今天是如此沉静，但它的昨天闪耀着中华儿女的血性与光辉。我们沿着口岸拍下了许多珍贵的照片，拍照的那一刻，我在想假如没来了解滇西的历史，不以精神礼赞去共鸣滇西，仅仅把它当成一个四线城市来做房产开发的物质建设，又怎么能与购买者发生情感联系呢？

接下来，我们沿着连接口岸的史迪威公路继续向前，不由得讨论起滇西人民曾经的焦土抗战，血肉铸成的滇缅公路和瑞丽前的第一站腾冲。按照工作计划，我们即将前往瑞丽著名的玉石街和姐告口岸，那里既是游人的聚集地，也是中缅经济往来的集中体现，我们需要观察不同地区、附近国家的客流和特征。车子停在了姐告口岸的广场上，这一天刚好有一个大型文化交流活动正在布场，我们顺着人流，走入口岸两边的商贸街，身边突然出现了穿着笼基的缅甸人，他们把姜黄色的清凉粉涂在黑黑的脸颊上。我们身边还有咖啡肤色的印巴商人，开玉石商场的傣族人，售卖刀具的景颇族人，原来姐告口岸的这条商贸街是来自中国、缅甸，印巴地区的土产和小商品交易的地方。同时，他们的摊位紧紧相连，没人去刻意分辨他们的国籍不同，边贸商人也毫无不同国度的违和感，自顾自热情、大方地招呼着生意。置身其中，我们才体会到了瑞丽日常生活的味道，这样的交融好像由来已久，又祥和、融洽。

眼前的商贸往来，也让我想起了前一站腾冲的马帮文化，马帮所走的夷方正是缅甸和印巴地区，其中缅甸的玉石、印度的香料、斯里兰卡的宝石、中国云南的茶叶都是这条马帮之路上的好物产。瑞丽特殊的地理位置，自唐朝起就成为西南古丝绸之路的必经要地，它也是马帮的经临之所，我想正是这样神奇的地理条件，才赋予了瑞丽多姿多彩的异域景象吧。在随后对几个大型玉石商贸城的考察中，也更深化了我的这一感受，同时当下21世纪海上丝绸之路，泛亚经济合作，都是对滇西经济发展的重大利好，随着开放范围扩大和交通建设的进一步加快，滇西会拥有更大的发展潜力。于是乎，跟随这一发展轮动的滇西文旅地产项目，会在整合服务方面拥有巨大的空间，可以为多元化的客群提供多元化的产品和服务，并可以成为长期吸引市场关注的价值点和增强客户的导入能力。

风情、文化多样的瑞丽，激发了我们的灵感，我们欢乐地向着考察的下一站"一寨两国"景点而去。在距离瑞丽市区10公里左右的地方，我们在红砖缅寺、绿色芭蕉的掩映下，进入了一个的神秘、异域的领地。眼前的这一派景象，解答了自己的一个长期疑惑，那就是为什么芭蕉这种植物虽然在园林造景中常用，但总感觉没有眼下的风情。站在寨子前，才明白了其中的精髓之所以难以捕捉，正是因为环境氛围的构成需要一个组合性的逻辑，芭蕉只有在这红砖缅寺、云南的蓝天白云之下，才会闪动它美丽的风情啊。

我们进入了景区，感叹着红砖砌筑的古朴魅力，也沉浸在神秘、悠远的佛寺文化中。作为世界三大宗教之一，佛教的诞生有着深刻的社会现实需要，它强调追随佛陀的榜样向明觉的境界靠近，需要专门的带领和学习。僧人在生活中感悟，也在学习佛法中明智。同时，在一些南传和上部座佛教氛围浓郁的国家和地区，例如泰国、缅甸和滇西，民间男子也不乏入寺学习的出家风俗，所以，傣族人的日常生活更是离不开佛寺、佛塔的，他们将信奉的上座部佛教的寺庙统称为"缅寺"，几乎每一个傣寨都至少有一座我们眼前这样的建筑。此外，寺庙不仅是进行宗教活动的场所，还是傣族人举行庆典、推选领袖、调解家族纠纷的地方。从而，傣族人对缅寺的修建、金塑会有着很悠久的历史和技艺传承，他们在建筑方面的最高成就也都体现在了这些佛寺、佛塔上。眼前这座建筑的美感，令我们很受启发，学习、吸收其中的有益元素，将之糅合在项目设计中，可增强项目与外围环境的共生性。

这些年，我陆续走过了西双版纳的大佛寺、芒市大金塔、缅甸仰光的大金塔，了解到祖国西南地区和东南亚人民会将佛教文化深植于日常生活和文化中的现象，如今眼前的"一寨两国"也是一个很好的例证，共通的信仰让跨越国界的生活更有秩序。下午的阳光直射在缅寺的塔顶上，投下的阴凉影映在了我们所坐的台阶上，我们静静地看着不远处寨子里取水、劳作的人们，他们取水的这口井正好是有名的"一寨两国井"。在这里，两国人民同走一条路，共喝一井水，说不清什么时候起，这里就开始了一种中国的瓜藤爬到了缅甸的竹篱上结瓜，缅甸的母鸡可能跑到中国村民家里生蛋的日子。这座"一寨两国"千百年的和睦相处，也力证了瑞丽小城安静祥和的生活意境。

为期几天的滇西工作考察是高效又感慨良多的一行，当你置身其中，都市繁忙的心可得到安歇，受伤坚硬的心可变柔软。同时，此行中也深刻地发现整个滇西的美好都是亟待发掘的，就像瑞丽在祥和、美丽、秘境这许多标签之外，还可以去揭开它勐卯古国和南诏国时期的悠远踪迹。经过这一行，我被滇西文化的美好而深深打动，它们的美，美在悠长，美在柔情，也美在风情浓郁……

第 三 章

丝路见闻集

叩响西域之门

我在高中时喜欢读三毛的书，和那时很多女同学不一样，通常一看琼瑶剧我就会虎头蛇尾的，反而比较喜欢三毛的率性果敢、浪漫不羁，那份洒脱和自在于现在想起来，也许就是如今的网络流行语说的"雌雄同体"吧。每每读起三毛的作品，总被她大开大合、天上地下瞬时间就可以调动起读者所有知觉的文字力量深深吸引，她有自己的"叙事冰山"，丰满又剔透。我和老铁是同住一楼栋家属区的高中同学，我们会穿插着读各自手上的三毛的书，从《梦里花落知多少》到《撒哈拉的故事》，再到《滚滚红尘》。阅读是一种精神保养，所以我们喜欢读，也注重交流读后感，那时候，我以为我们俩就是世界上最喜爱三毛的人，也最喜欢三毛在撒哈拉的故事。

高中，可以说是一个人思想境界建立的最重要时期，我记忆中还有一套启迪生命的书叫作《西路无碑》。书中那些徒步戈壁的章节，在生命的最后一刻看见人迹与炊烟的狂喜，既来自笔者真实的描写，那种不同场景下的生活体验也深深地影响着我。那段时间，我的脑海中总浮现着西部漫天的黄沙、驼铃声声的商队，也相信正像书里的故事那样，在每个沙漠的尽头都有一颗希望的彩蛋。也许就是这套书，开启了我行走祖国辽阔西部的向往，从那时起，一个古城女子的心中便埋下了重走西部丝绸之路（简称丝路）的幻想，有一个期待感受西部苍凉与神奇的莽荒的心愿。

高中毕业，我去东部城市南京读书，大学期间的寒暑假会安排各种社会实践，毕业后我来深圳参加工作，快节奏的工作、高效的生活，碾压了都市中的每个角落，很久没再想起曾经还有一个重走丝路的心愿。直到参加工作整十年的那个夏天，请好了年假打算调整和放松一下紧绷的状态，计划着假期的目的地该去哪里？海南、北京，还是泰国……一下子难以决定。假期里，全身心放松地先睡了一天，醒来后听见心底有个声音说："去沙漠吧！"于是忽然想起自己还有个久违的心愿。于是，打定了心意，然后开始准备行装，联系在西部工作的师姐，商量可能的行程和线路，开启一次身心合一的丝路旅程。

飞机从深圳飞到兰州，我从兰州再搭乘火车到嘉峪关。

这是一座因"天下第一雄关"而得名的城市，也是我丝路行走的第一站。虽然只规划了一天时间，但随着走进了这座城市，也开始理解它的岁月和意义。这是一座黄色的城市，黄色的街道，黄色的城楼，还有路边黄色树干的国槐。国槐是北方常见的行道树，它们在夏天里绿着叶子，皱着树皮，树上有蝉，鸣叫声吱吱于耳。相比深圳，这是一派典型的西部风情，虽然水源少、风沙大，但是夏天里舒爽的阵阵微风，还是让人心旷神怡的。这里的街道人迹稀少，车流不多，它是黄土地，是天高地远的广阔西部。

眼前嘉峪关，自古便是河西走廊的咽喉要道，作为明长城最西的关口，也是丝绸之路的交通要塞。虽然，几乎中国历史上所有的朝代都修缮长城以抵御外族侵略，但是只有秦朝、汉朝和明朝时期的长城工程最为巨大，长城的修建长度均超过1万里，所以我们通常所说的"万里长城"也是正言其意。而嘉峪关就是这最坚固的明长城上，号称"天下第一雄关"的堡垒所在。

我一边回想着嘉峪关的来历，一边登上了它的城楼，城楼之下的瓮城和城墙对于古城女子来说不算新奇，但嘉峪关此处的关隘扼守着南北宽15公里的峡谷地带就相当奇观了，在此处的关城与深渊峡谷可以构成天然的屏障，这就是明朝军队据险扼守每每成功的原因所在。同时，嘉峪关在边关设计理念上，也不同于单纯的城市守城、守卫作用。细看嘉峪关关城附近的一个个烽燧、墩台，它们纵横交错，就是这样的地势天成与信息联防的攻防兼备，成就了当时明朝严密的军事防御体系，也是守与战都有利的真实历史写照。与此同时，嘉峪关的军事防御能力还体现在城墙的高度与坚固上。站在10余米高的城墙上，心中是天地皆一览无余的雄浑感受，晴好的下午极目望远，我能看见在10里开外的荒漠动向，这是明朝初年就开始的"高筑墙"城郭保卫系统的印证。同时，我双脚踩踏的城楼厚如山体、坚固雄伟，它们是以黄土夯筑而成的，城楼的西侧的城墙上还以砖块包墙，试以拳头敲打，却毫无声响。

这样的雄关一旦走上去，便想久久地停留在上面。我立于雄关之上，会不由得远望北方，遥想当年匈奴十万大军浩浩荡荡扑向城楼的情形，也会想起明朝时，蒙古铁骑千里奔袭前来到此的情景，我的眼前是一组尘土飞扬、马蹄阵阵、杀气腾腾的战场画面。我不由得会向城下探望，似乎又能看见两军攻守城门的艰苦厮杀，在交战攻取不下的焦灼之中，又是一个个猎猎西风、白露为霜的寒夜。我的思绪随着战事继续向前，耳边好像响起了嘶哑的喊杀声，喊杀声后，又是一片苍山如海、残阳如血，尸横与破碎。

眼前这座安静如斯的嘉峪关，它历经了铮铮如铁的岁月洗礼，虽然这些岁月此时已深埋在这关城之下，似乎从未发生过，但我相信这如铁的雄浑气质才是它的底色和灵魂。踱步在这城墙之上，我想起了"西风烈，长空雁叫霜晨月。霜晨月，马蹄声碎，喇叭声咽"的诗句，也思考着为什么自古以来，游牧民族抢掠农耕民族的历史不断上演，长城与界碑是如何确定了旧的和平，又是如何被新的利益追逐所打破的。思考了很久，试着归纳各个历史时期此类战争的共性，最后发现也许是由于不同的生产、生活方式所决定的。游牧民族是居无定所、不掌握农时、也不积累固定生活资料的部族，每当天灾、战争来临时，便以力大者为王的思想为指导，用掠夺这种最快速、最直接的方式去解决生存问题，如此，与他们紧密相连的边地，也就不得不成为防御、抵抗的第一线。

修建长城，可以看成是农耕民族抵抗游牧民族掠夺的条件反射，也可以看成是汉民族安边固疆的长期稳定国策，这项国策在自秦朝起到明朝的1300多年中，一直被予以贯彻和加强执行。但事物总会有两面性，御敌与固守的卓有成效之后，是否会促使锁国战略进一步加剧，14世纪的明朝海禁、18世纪的清朝闭关锁国，这些都导致了我们曾偏离了世界发展的钟摆……"雄关漫道真如铁，而今迈步从头越"，我站在这座千年的雄关之上，它的历史、使命、曾见证的变迁，都让我想起了"以史为鉴，可以明得失"这句话，历史能给予我们的既是丰富的积淀和经验，也一定是可以开启我们开放与交融的大智慧。

走下了嘉峪关城楼，我将继续沿丝路西行，下一程火车将带我从城市穿过沙漠，从沙漠去到瓜州，从瓜州再抵达"丝路明珠"的敦煌。

敦煌，敦乃大，煌乃盛，合起来就是盛大辉煌的含义。敦煌，这个词最早出现于《史记·大宛列传》中，在一段张骞给汉武帝出使西域的报告中，他提到了这个地方。张骞是一位开拓西域的历史人物，乃陕西城固县人氏，那里最著名的一是柑橘，二就是这位博望侯。记得我曾参观张骞故里，印象最深的就是家乡人民为他树立的一尊雕像，雕像中的张骞目光炯炯地眼望西方，神情中饱含了深情与关切。也正是这位开拓西域的博望侯，首次发现了月氏人是居住在敦煌与祁连山之间的游牧民族，是汉朝可联合抗击匈奴的有生力量，同时，也是他为汉朝后来的疆域扩展、汉朝对西域的外交方略方面，都做出了极其重要的贡献。

此刻，我一边怀想这位伟大的西域先行者，一边正在从嘉峪关到敦煌的火车路段上，眼前的景象让我不得不想起有关这条河西走廊的历史。当时的汉朝，国家领土向东已近海滨，无可伸张，向西扩展版图以求发展，才是国之关键。在张骞出使西域后，汉朝与匈奴历经了多次历史交战，终于在公元前88年正式设立了敦煌郡，而河西四郡中敦煌郡的设立也正式标志着河西走廊并入了汉朝版图，从此打开了西域归汉的历史可能。后来，到公元前60年时，汉朝正式设立了西域都护府来总管西域的地方事务，保护往来的商旅，至此标志着西域正式归于汉朝中央政权的统治之下……这些历史的烟尘往事，在此时这片河西走廊上更显得分外真切，它是汉武帝为我们后世子孙拓展出的广阔生存空间，也是中华民族之后世历史机遇的重要根基。火车正在慢慢驶入的西域疆土，我不得不感喟汉武帝真是一位谋略宏大的帝王，张骞亦不愧是丝绸之路的开拓者，而卫青、霍去病，李广、李敢这些忠勇传家的将领们，都是那个光辉时代的先锋。

火车继续西行，驶过了两个不停车的小站，缓慢行至瓜州，坐在我对面的志愿兵拉起背包，准备下车。这一趟他是回老家结婚的，婚假一结束他就志愿归来，又回到这个一待就是7年的黄沙戈壁，看着他的背影，我心想他就是新一代镇守西域的先锋吧。眼前的瓜州，早在4000年前就有先民居住了，在唐朝时此处由安西改名为瓜州。因为这里盛产蜜瓜，干旱与温差都有利于糖分堆积，2004年瓜州正式被定名为"中国蜜瓜之乡"。这里有世界上最甜的瓜，而我来得正是时候，在瓜州站的五分钟停车里，我在站台上挑选了一个黄澄澄的蜜瓜，接下来的一路，我美滋滋地享用着这种"沙漠甜"。火车过了瓜州就进入了敦煌，我在车站的广场上找到了前来接站的师姐，这是我们多年不见后的首次相聚。

　　上一次和师姐见面，还是我到深圳工作的第一年，她蜜月旅行经过了深圳。我们俩相见愉快自不在话下，一起走上了敦煌街头。小城已近7点，天仍未黑，我们回到酒店近8点，天仍不黑。我还是第一次看到傍晚8点的太阳，惊喜地透过窗户观察着那颗还不打算落山的太阳，也让我想起深圳这个时间应该已是流光溢彩，万家灯火了。祖国的西部啊，你是有多神奇而令人欣喜。后来，我在新疆更升级了这种体验，那里的夏季早晨是8点钟天亮，夜晚12点天才黑，我们可以安排整整多出平时一倍的行程。

　　第二天清晨，我们迎着阳光早起，我穿上马靴，因为这是一天的沙漠之行。我们早早就来到了鸣沙山，远处早来的骆驼卧在沙子上，我还是第一次这么近距离地观察它们，心中不免有些小激动。骆驼的眼睛安静又清澈，根据基因它们都是双眼皮，同时每一峰骆驼的头顶都会有一簇白毛随晨风飘荡，卧在沙子上的它们，嘴里缓慢地嚼着青草。我走近它们的身旁，围着它们照相，骆驼并不紧张但有所警觉，用眼神跟着我的走动来移动自己的视线。我注意到了一峰白骆驼，虽然它与其他骆驼以绳相连拴在一起，但是它全身雪白，看上去是雄健而高贵的。这些骆驼是沙漠的行者，也是我们上沙山需要搭乘的交通工具，驼队在鸣沙山上走出了一个"之"字形，同时驼铃声声轻响，在阳光的照射下稀薄的空气跳动着，我们的状态都好极了。

　　驼队在有序地前进，据说有头驼识途的说法，我们安逸地享受着阳光晒在我们的头顶上，大家拿出了纱巾覆面，风一吹过，我们个个都像是楼兰姑娘，此时飞舞的纱巾就是黄沙之上的无限风采。我们仰头望天，让阳光抚洒在我们脸上，再闭上眼睛全然享受着当下的一切。这样的情景，放在平时多少会有些不真实，但在那一刻每个旅人的心中都是入情入境的。这时，我开始思考旅行的意义，它不仅是收集谈资以增话题，更是心灵境界的扩容，融入、体验和觉知各种可能的未知或美好，这样才会拥有极致又真实的生命感悟。

　　我们骑着骆驼上了鸣沙山，亲密接触着沙漠，然而更为亲密地与沙互动要算滑沙了，滑沙中我们如期相遇了沙山的轰鸣，这种轰鸣声也正是鸣沙山得名的原因。翻查资料发现，其实沙山轰鸣是一种奇特的自然现象，在风蚀与风力的搬运下，黄沙聚成了沙山，同时这样形成的沙山内部结构并不牢固，所以又形成了空洞，空洞在日积月累下又逐渐固化，所以当人们滑沙时，沙坡上就有大幅沙面滑落，山体就像空竹一样，因为摩擦而发出了"嗡嗡"的声响……

　　那一天，我们用了一整天的时间去感受鸣沙山和月牙泉，开心得忘乎所以，下山的时候已是夕阳晚照了。我回望这座鸣沙山，它的沙峰起伏，在夕阳下金光灿灿，宛如一座金山。同时，夕阳的斜逆光是最好的化妆师，它将鸣沙山装扮得像一位丝绸般柔软而又娴静的少女。原来在大漠孤烟的苍凉沙漠，在夕阳中显露出它温柔的一面，美不胜收。这样的沙漠迷情让人久久难忘，我想它就是我曾以为每个沙漠的尽头都会有的那颗彩蛋吧。

就在我们的不断赞叹中，我们已向敦煌夜市赶去。这是自古就有的一处有名的边关夜市，胡人的文化和生活从这里传进了中原。如今的夜市，虽然比不上当年那灯火辉煌、熙来攘往的盛壮景象，但是也让我们大开了眼界。夜市上有各种飞天壁画主题的艺术留念品，有以年代编按的拓本，也有以丹青勾勒的画轴，还有结合壁画打造的各种石雕和木雕，可谓新奇非常。我们路过其中一个摊位，我被几柄黄杨木的如意造型木雕吸引停住了脚步，平时在地产园林中，我们也常用黄杨，它作为小乔木与灌木搭配可以丰富园林的层次，与短茎时花植物组合也相得益彰，所以黄杨对于我来说并不陌生。这个摊位上的黄杨木如意，造型既古典大方，也比以往所见的手把件更有品位。其实，敦煌所在的甘肃省就是中国黄杨的分布区域之一，从出产质地上来看，由于甘肃的气候干燥，所以黄杨木质比两广的更为细腻、紧致，同时细看这几柄如意的祥云图案，以及手柄处的镂空都有不错的雕工。

买到木如意之后，我们还看见了不少其他新奇之物，比如佛手对开之中端坐两尊佛像的木质手把件，很像佛家弟子随身所携的简易法器。它的体积不大，佛手对开的两尊佛像一边是如来，一边是观音，表情端庄而肃穆，小小的佛手边缘还做了榫卯的木楔以便扣合，实在是精巧非常。此外，还有敦煌特有的"沙漠玫瑰"，它可不是沙漠植物，而是黄沙凝结的沙体结晶，这些片状的结晶次第相连，组成一朵朵盛开的沙子玫瑰。我将奇异的"玫瑰"捧在手心，发现部分沙体结晶已经石化，坚硬又带光泽，还能折射夜晚的灯光，再用手指触摸玫瑰的边缘，它会掉下沙来，这样的景象简直就像一个沙子石化分解的直播。我们接过摊主小心包好的沙漠玫瑰，感受到了敦煌虽然是个旅游城市，但是这里相比其他被义乌小商品充斥的旅游纪念品市场，还是独具文化魅力。

之后的几天假期中，我们还参观了敦煌莫高窟，这些年来我对石窟艺术颇感兴趣，走过了中国四大石窟和其他一些石窟，从而对东晋之后的十六国、北朝时期的造像、壁画运动有了些了解。在近300年的时光跨度中，中国出现了四大石窟，其中敦煌莫高窟的始建年代最早，其次是北魏时期的云冈石窟、洛阳龙门石窟。其中，山西的云冈石窟以清风秀骨的造像特点，又最具石窟艺术的代表性。此外，洛阳龙门石窟因一尊依照武则天形象而建立的卢舍那大佛，成为人像与佛像结合的经典。最后，相比前三座石窟的开凿时间，较晚的一座是西魏时期始建的麦积山石窟。这座麦积山石窟虽然与敦煌莫高窟同在甘肃省内，但它的山势陡峭，属于垂直悬壁开凿，所以工程难度是四大石窟中最大的一个，以至于曾经攀山观看这座石窟的我，完全不敢向下看。

历史上历时300年的造窟运动，是中国石窟艺术的鼎盛时期。敦煌莫高窟之所以出名，是因为洞窟个数高达735个，是世界上现存的规模最大、内容最丰富的佛教艺术圣地，其中对外开放的16个洞窟中多是隋、唐时期的壁画。而最具标志性的"飞天"壁画，其造型源自印度，但在莫高窟的壁画展现中，飞天的性别、相貌又与印度原本的样式有所不同。所以，可以说莫高窟的飞天壁画是结合了西域文化、中原文化共同演变而生的形态。当我们仰起头，静静地端详窟顶的飞天造型时，会发现她们个个体态俏丽、翩翩起舞、翱翔九天，特别是极具动感的眼部神韵，令人过目难忘。

之后，我们除了参观莫高窟外，还去寻访了后山崖壁上的其他洞窟，以及当时造像画工们用来生活起居的简易石窟。不得不说，这些造就绚烂石窟艺术的画工们很值得敬佩，正是他们执着的人生追求、清苦的生活环境、精心技艺的炼和，才造就了莫高窟的旷世经典！同时，我发现石窟艺术也作为体现当时社会信仰与精神文化的活化石，可以反映当时的信仰发展的迭代情况，例如我在参观新疆的柏孜克里克石窟时，就发现它原来是高昌古国时期的一座佛教造像石窟，它的存在说明了新疆吐鲁番地区的信仰变迁，也有利于我们与历史上政治文化的变迁互相印证，互为补充。再例如，包括在莫高窟的多个石窟中，常会出现在同一窟中有着多个朝代重复造型的遗迹，每一层壁画或造型的变化，都是当时人们随社会发展对壁画、造像审美观点的变迁。

感谢河西走廊苍茫的黄沙，几千年的历史流变，带给了我重走丝路的嘉峪关、敦煌之行的满满收获。看着眼前的河西走廊，我再次想起"胡马胡马，远放燕支山下，跑沙跑雪独嘶，东望西望路迷。迷路迷路，边草无穷日暮"的历史画卷。同时，在这条河西古道上，我初初体会了中原文化和西域文化共育的丝路传奇，以它们，我叩响了西域之门。

重走丝路北疆行（一）

古代丝绸之路以长安为起点，经河西走廊，至敦煌而后过哈密，跨乌鲁木齐到新疆北路，经霍尔果斯出境至撒马尔罕，再过德黑兰到达伊斯坦布尔，最终完结在地中海的威尼斯城。这是一条打开欧亚大陆商贸、经济、文化的生命线，中国境内自长安起点到新疆霍尔果斯共计3000余公里，重走丝绸之路这一程所需的时日、所需筹备的工作量巨大，所以继敦煌之行后，我再分两次前往探寻，终于抵达了霍尔果斯，圆满完成了多年来重走丝绸之路的心愿。

继上次敦煌之行后的第五年入秋，我开始枕戈待旦，以备十一长假前往乌鲁木齐（通称乌市）。经过六个小时的飞行，我终于到达了乌市地窝堡机场，这是个有名的地方，一来是全疆最大客流量的机场，二来地窝堡辣子鸡也是家喻户晓，风靡深圳的菜品。十月初的深圳还是夏末，再过20天才会正式入秋，而此时的乌鲁木齐已是初冬，虽然当地人并不以为冷，但是对于我们这些"热带鱼"，好像一下子游进了北冰洋。我与同行的朋友们分头走出机场，小作分别，先行入住了酒店，等待新疆分公司的同事来会合，开始我这一趟美好的丝路观察。

"乌鲁木齐"是蒙语音译，意思为美丽的牧场，可能让人好奇的是为什么用蒙语为新疆的城市命名，这是因为新疆自古以来就是多民族聚居地区。不同于内蒙古与西藏的地貌单一、气候恶劣，新疆有着丰富的自然资源，有富庶、美丽的耕地与牧场，自2000多年前，新疆就有修筑坎儿井来灌溉农作物可以实证。同时，在资源、物产、地域及人口这四方面，新疆均占优势。自先秦时期起，新疆就有塞人、月氏人、乌孙人、匈奴人、蒙古人、汉人等在这里生活。

如果说敦煌是中原面向西域的关口，那么乌鲁木齐就是亚欧大陆交汇中枢的桥头堡了。行走在乌市的街头，让我深刻地体会到，其实国际化的样式并不只是香港、上海。乌鲁木齐的国际化水平也相当高，这里有着来自不同区域、讲着不同语言、不同生活习惯的中亚商旅。他们在长期经商往来中，已将乌鲁木齐作为定居目的地，这就是为什么乌鲁木齐的房价早在十年前就比西安高出一截儿的原因，虽然那时的西安还是西北五省的中心。

我起了个大早，赶去了新疆维吾尔自治区博物馆门口，在那里等待与同事再次会合，一起参观新疆历史文物的展览。我早已听说这处博物馆是一部西域历史的记忆殿堂，虽然我走过不少西部地区，但是这次参观对我而言，仍需以婴儿般的眼睛去学习和理解。在参观700多件新疆历史文物展览过程中，我体会着从汉朝通西域，到唐朝设置安西都护府，再到清朝平定准噶尔叛乱的多个历史时期中，新疆地区的社会、生产、生活与文化的发展和变迁。在各种展品中我们也对应了胡麻、胡桃、胡椒、胡豆、胡琴、箜篌这些从西域流传到中原并活用至今的印证，欣喜不已。

在参观新疆民俗陈列厅时，我们看到了多姿多彩的多民族风俗、文化和风情，从民居建筑到饮食服饰，从民间工艺到节日庆典，还有著名的民族乐器。展厅布置极具文化冲击力，让人目不暇接，我们边参观，边交流西域文化艺术与中原的共同点和差异性，以及这些同与不同的形成原因会受到哪些外部自然条件的影响，又是怎样在后期的历史中融合的。经过这些思考，帮助我重新理解和梳理了一路上的所见所闻，在自由奔放的西域多民族文化氛围中，去体会他们热爱自然、丰盛又释放的文化。

参观完博物馆已近中午，我们走进了一家地道的黑抓饭餐厅，共进午餐。新疆美食是外地人了解新疆最直接的渠道，我们在这家餐厅品尝到了传统抓饭、甜抓饭还有黑抓饭。抓饭作为来到新疆的第一餐深具含义，因为它是全疆人民共同的热爱，就像广东人对早茶的执着，西北人与面条的亲厚。同时，南疆和北疆的抓饭做法并不完全相同，在鹰嘴豆、黄红胡萝卜的使用上有细节区分。今天吃到的是"抓饭界"的"黑美人"，黑抓饭就更特别一些，它流行于乌孜别克族，虽然世界各地的食物本质和烹饪特色原理大致相同，离不开因地制宜再加上当地取材，但是黑抓饭的独特蒜香和"不酱自黑"的烹饪特点，确实独特。

与此同时，我总结发现新疆在烹饪方式上对炙烤尤为钟爱，它几乎是全疆烹饪的主流，从烤馕、烤肉、烤全羊到烤鱼，还有维吾尔族喜爱的烤蛋，似乎一切食材都可以通过烈火灼烧来达到味觉的巅峰。从烹饪技艺发展的进程来看，烤其实是最原始、最近乎自然的一种方式，但在中原地区人们还发明了煎、炒、烹、炸、卤等烹饪方式，可是为什么这些烹饪方式在新疆地区没有得到广泛流传和运用呢？有关这个问题，我们一边用餐，一边展开了讨论，在没参观博物馆了解古代西域的历史和战争之前，我无从分辨，也没有观点，但通过   我发现历史上居住在新疆的民族

长时期迁徙、融合的原因，所以是否可以大胆推测，在单一发展的连续性被不断改变的局面下，需要精细操作的煎、炒、烹、炸就显得烦琐也耗费时间了，继而无从掌握和延续下来。于是，炙烤还是新疆人民生活中最方便掌握、最容易

获得食物的传统烹饪手段，说到底饮食文化的基础仍然是社会发展的现实。

大家对我的观点耳目一新，我们在欢乐的互动中，边喝着维吾尔族的民族大茶壶中冲泡的滚烫茶水，边商量下一站我们将前往的新疆国际大巴扎商贸城。由于新疆的物产全国闻名，除了棉花之外，它还是番茄、香梨、甜枣、葡萄、无花果、哈密瓜、杏子、石榴、桑葚等高品、优质农产品的产地，所以来到乌鲁木齐的外地人，都不会错过这被誉为"中国干果之最"的大巴扎。大巴扎的干果品种的确十分丰富，葡萄干就有十多种，从黑加仑、无核白到用特殊花香熏制的葡萄干应有尽有。大巴扎还有因地域便利和商贸历史悠久而来的商品，比如俄罗斯套娃、中亚挂毯等，也是各式各样、琳琅满目。除了各种商品吸引我关注外，还有大巴扎门口的观光塔，它一样深具民族风情，当我第一眼看到它时，就像曾经看到巴黎的凯旋门，佛罗伦萨的乔托钟楼时那样激动。观光塔的整体塔身由黄砖砌筑，塔身的柱体完全运用几何原理拼接，塔身的外壁还有多处镂空造型的花窗用作装饰。整一座80米高的观光塔，据说是由一位塔塔尔族富商出资修建的，即使我看过了不少伊斯兰风格的国际建筑，但仍然欣赏它古朴建筑的美感和格调。同时，登上这座观光塔可以看见乌鲁木齐的全市景象，那是红山公园的绿色，是中山路、北京路的繁忙，是"八楼2路汽车"的昆仑宾馆……

　　结束两天在乌鲁木齐的丝路观察，我们继续向北而行，去寻找传说中白雪皑皑的天山，富饶的准噶尔盆地，向着北疆昌吉、石河子这两个具有代表性城市进发。一路车行，最让我兴奋的是亲眼见到了洁白的天山，它是我们这一代人对新疆的第一印象。记得儿时大多在跳新疆舞时，总能听到对它的赞美，如今，我们亲眼看见它的惊喜是呼之欲出的，我们大方地唱起了：

　　　　我们新疆好地方嘞，

　　　　天山南北好牧场，

　　　　戈壁沙滩变良田，

　　　　积雪融化灌农庄，

　　　　来来啦来，

　　　　我们美丽的田园，

　　　　我们可爱的家乡。

　　我模仿着原唱巴哈尔古丽的音调，伸出手撑在头顶和脖间，诙谐地动起脖子，这是特别美好的时刻，我们不仅找回了对新疆记忆的源头，更经历了天山的圣洁和雄伟。其实，天山的美来自终年不化的积雪，即使夏天的天山也是洁白的；而冬天的它更像一座云雾缭绕的仙山，仙山消融流下的雪水灌溉了北疆大地，它无愧于滋养这片干旱大地的"母亲山"。这座全长2500公里的天山还是一座跨境山脉，也是全世界最大干旱地区的山系，所以天山的山脉整体面积占到了全疆地域的三分之一。一路上，我们沿着绵延的天山，来到了昌吉回族自治州，它是丝绸之路北道上通往中亚、欧洲的必经之地，自古以来也是西域的咽喉、北疆的屏障。如今，它在丝绸之路经济带中，也是一个重要的组成部分。我们走进这座小城正好遇上午后慵懒的阳光，街道两旁的行道树古老而繁密，街面上林立着各式日常生活的店铺，这是一派老城景象，与乌鲁木齐的风格迥异。"昌吉"这个地名源自古老的突厥语，意思是游牧和种植的新园地，可见它早已是个自然条件宜人的地方，也是北疆人口众多的城市。我们步行一小段路后，来到了著名的昌吉回族同胞小吃街。

此行昌吉的体验计划之一正是民情浓郁的小吃街，还有一场全疆最高水准的歌舞演出《千回西域》。我们走进了小吃街，看到街南头有一座佛塔可登高望远，街心有一群骆驼雕塑供游人拍照留念。我印象中的回族人，他们爱干净、会做生意、牛肉拉面做得很棒，但今天来到回族同胞聚集区，走进他们真实的生活，还是刷新了我的认知。我站在一间回族同胞的糕饼铺子前，数着摊位上的几十种糕饼，甜咸各味的麻花、大小盘面的馓子、甜咸两式的油香、千层肉饼新炸出了锅……还有各式夹沙、方糕和不同馅料的牛舌酥、椭圆饼子。我们的胃液跟着视觉搅动了起来，我边吃，边对着各式糕点拍照，在尽情拍照记录它们的那一刻，我体会到了他们糕饼的制作灵感也可能来自新疆独有的地域风情，回族人以面与奶，面与肉的交融，创造了很多美食，它们都是热爱生活的样式。

小吃街饱餐后，我们车行来到了外形酷似洋葱头的新疆大剧院，虽然它的外观正确的解读应是一朵"天山雪莲"，这个创意正来自深圳的一家设计单位。在这里，有全疆最高水准的舞台演出，它是大型新疆歌舞《千回西域》的现场。一走进剧院的大厅，我就发现它像一座伊斯兰风情的城堡。演出在三层，我们需要搭乘电梯上去。当我们的目光与三层建筑的穹顶天花交汇时，红色、绚丽的琉璃拼图，炫目地告白着这里文化的灿烂与丰富。演出开始前，为了将这灿烂的视觉感受记在心底，我又特意乘坐了两遍电梯上下体验。再细看大剧院内部的设计也是颇具匠心，自然光线通过一个个尖顶拱券式的玻璃窗照进馆内，窗体到人流的主要动区还设计了一圈环形走廊的空间用以过渡，这圈走廊以门与门相连的方式创造了视觉的伸缩感，当我在门与门的空间顶部，还看见了伊斯兰纹样的水晶吊灯。最为神秘的是，当你从走廊的一端看向另一端时，这些门与门的次第向前，会带给你穿越悠远的神秘感受。

我对于这座"风情城堡"建筑的喜爱，可能来自工作的条件反射，但对于歌舞的青睐则是源于自己少年时的热诚爱好。这场《千回西域》的演出将古西域的历史、丝绸之路的发展以新疆各民族的歌舞完美地整合呈现了出来，堪称是一部歌舞的史诗。作为一场地道的风情展示，演出中我意料之外地看到了失传已久的西域胡旋舞，这正是安禄山当年为唐玄宗、杨玉环所跳之乐舞，轻灵、异域的步伐，唯美的一个个转身，就连此时舞蹈女子身着的红色窄腰长袖摆和羽毛头饰，也是考究地复原了唐代胡人的舞蹈元素。在这场歌舞演出中，还对古西域的浩瀚自然风貌做了不断的展现，结合水、风、声、光的特效让观众于整场演出中如同身临其境。这是我看过许多地方风情的演出中最好的一场，我将它和拉斯维加斯的梦幻秀相比，它比世界品牌也毫不逊色。

看完演出之后，我们从昌吉开车来到石河子市，车程只需两小时，但此时脚下的石河子市已是准噶尔盆地的南缘。早在西汉时期，石河子曾是乌孙国的东部，这座城市虽不是我重走丝路的重点，但我们必然经临，因为这里有一段光辉军垦岁月，我是来一睹"兵出南泥湾，威猛不可挡。身经千百战，高歌进新疆"之风采的。

一夜休整和安睡后的转天清晨，我们先来到了石河子大学参观，这座青青校园里，老杨树至少有30年的树龄了，大榆树枝叶茂盛，倒垂着像一顶顶绿色的伞盖。校园食堂边的空地上长满了绿草和蒲公英，蓝天下整洁的操场和跑道，这是中国20世纪90年代北方大学建校的标准样式。石河子大学在全疆颇有名气，排名仅在新疆大学之后，作为一个直辖县级市，石河子由新疆生产建设兵团直属管理，是一座名副其实的军垦之城。

到达新疆兵团军垦博物馆时，我们刚好遇到了一场中学生爱国主义教育活动，学生们在屯垦屯边纪念碑前庄严的宣誓，并来到王震将军的雕像前集体合影。当我们走入了博物馆，忽然发现身边多了许多曾经的军垦子弟，他们亲切、激情飞扬地聊着过去在兵团长大的岁月，看得出他们都是同学或者发小，如今结伴回来再忆青春。在博物馆内，我们系统地了解了当时军垦生产、生活的历史意义和真实场景，也了解了兵团组织的主要功能：一方面是为各族人民服务的工作队，另一方面是祖国安边固疆的保障。其实，通过逐步了解新疆建设兵团的发展进程，我发现兵团7万平方公里的管理面积也是中国历史上军垦、农垦、边屯中最大的垦区。同时，他们还要遵循不与民争利的原则，在艰苦的荒漠戈壁、人烟稀少的边境沿线上，开荒造田、建设团场，以此来拉动全疆经济的均衡发展，充满挑战与不易。

这样的参观可谓是一次洗礼，我们怀着敬意走在博物馆中，观看建设兵团的一件件历史陈列和一样样工作成果的同时，也深受兵团精神的感染。我们在纪念品商店买到了有关兵团生活的回忆录以及兵团时期的诗歌、散文集，期待在之后的阅读中更准确地理解这项历史决策。就在那时，我的脑海中浮现了易中天教授曾说过的"新疆建设兵团十年艰苦生活，这是我的选择"，我想也许对当时的建设者来说，利公、利民、无私奉献的兵团精神是人性的最高洗礼，虽然那是一段离我们有物理、有时空距离的往昔岁月，但我在石河子依然满满地感受到了它的光彩和鲜活……

至此，我的重走丝路北疆行就先在石河子告一段落了，关于这一行我以向西、向东的两个方向做丝路的延展和与河西走廊的连接，向西的丝路脉络就如文中以上所写，向东连接敦煌的哈密、吐鲁番两地也完成了实地走访。在哈密和吐鲁番地区，我看到了唐朝留下的丝路古迹——交河驿站，也参观了新疆地区农耕文明的坎儿井，还有著名的《西游记》中提到的"火焰山"。于是，行程中虽有东西两向的折返，但按照古时丝绸之路，我完成了从嘉峪关进敦煌，过哈密到吐鲁番，经乌鲁木齐向西行到昌吉和石河子的这一段路程。这一行的重走丝路北疆行，也让我深深地相信"横空千里雄西域，江左名山不足夸"的大美新疆，一定会带给我更多启发和不一样的人生体验。

重走丝路北疆行（二）

2019年的春天，沿着上一次的行止，我继续了我的重走丝路北疆行。这一次我还是从深圳搭乘飞机，向准噶尔盆地西北沿的克拉玛依市进发。新疆的辽阔是即使疆内通行也建议乘坐飞机的，这一程我从祖国的东南角直奔西北角，飞行时间格外长，共计7个半小时，经停了郑州。

多小时"牢"坐在飞机上，也是平淡无奇的静坐，有限的位置不会让路程变得更有趣，直到飞入新疆的上空，我看向舷窗外，意外地发现了不一样的景致，从高空俯瞰这片大地，与祖国的大部分地区不同，蓝色的湖泊在银白的大地上，显眼得很。我想，湖泊也许就是沙漠的眼睛，它的颜色让你愿意久久注视它，直至它向后离开你的视线；道路像是戈壁的经脉，在垂直高度8000米向下俯瞰双向四车道，细微得像竖线；而戈壁的褶皱是这片辽阔大地的面部表情，偶尔能见到的人烟对于这片茫茫荒漠来说，就是神迹！看到了一处人迹后，你会特别盼望下一处在哪里，为什么还没出现，那一刻在我心中确信了眼前的梦幻与神秘，残酷和苍凉，是连天地都静默的。

在机场到达厅，见到了来迎接我的克拉玛依当地朋友。她是一位漂亮的姑娘，像极了维吾尔族人的汉族姑娘，看见她的时候，我在思考长期生活的水土与人体的面部特征果然会有强烈的关联。据说，她的祖上是从甘肃迁到新疆定居的，几代中并没有与维吾尔族人通婚的历史，三代以上人生活在新疆，随着水土变迁，她拥有着大眼睛、高鼻梁的面部特征。偶尔令她小有尴尬的是每到内地出差，因为身份证签发地为新疆，长相又与维吾尔族人相似，不得不格外花时间解释周围人的疑问。我们在克拉玛依机场外，遇到了几个连续的隔离带，这是因为车辆减速检查的需要，我从深圳来并没有所思想准备，在车速极慢中有些惊讶地看向她，她大方地告诉我，新疆很安全，克拉玛依很安全。

其实，克拉玛依并不是新疆旅游的热点城市，但是我此行的规划是来见证一个不同凡响的新城市。它既代表人工现代化神迹在全疆发展的最高水平，也是新疆经济GDP排名第一的城市。"克拉玛依"的直译就是黑油，这里是新中国发现的第一片大油田，这些年为祖国贡献的石油达到了两亿多吨。当我们站在克拉玛依的黑油山上，我惊叹于这自然造物的丰厚。虽然我们每天都在使用汽油，但并不是人人得见它本真的模样，近些年随着油价的不断升高，石油也变成了不可再生资源的代表。然而，在这座黑油山上，黑色的原油从地表不经意地流出，只需人工将黑油引流到水泥砌筑的方井与圆井中，便可轻松拥有这一大地的"黑金"。与此同时，这座油苗透头的黑油山，因原油的多年外溢已形成了天然的沥青山丘，我们踩在它的沥青地面上，脚下轻软地感受着这条石油铺就的"黑金大道"。

　　克拉玛依，正是以黑油为基础，从无边的荒滩变成了"流奶与蜜"之地，从贫瘠的沙漠变成了科技石油城的人工奇迹。我们车行一路从市区经过白碱滩，道路的两旁随处可见的都是采油树。在空旷的大地上，它们整齐地成排、成行，规律循环着上下采油的节奏。伴随这样的节奏，现在的白碱滩也是一片城市的景象，密匝匝的厂区和住区、笔直的大路、清晰的路牌，每到傍晚时分，白碱滩依旧灯火通明，很多石油开采和冶炼的工序是不分昼夜的。就在这里，我真正感受到了热火朝天、欣欣向荣的气象，我们听着这热情建设西部的韵律，心有鼓舞。

　　这样好的一座人工改变荒漠的城市，还得益于穿城而过的克拉玛依河，这条以城市命名的河流是从附近的额尔齐斯河引来的河水，它以涓流给予了戈壁荒滩真正的生机。这其中的生机逻辑正是由于人工引流让戈壁荒滩有了水，有水的地方就有了鸟儿的到来，有鸟儿就有了播撒生命的使者，生命在河水的滋养下就有了绿树和鲜花。对于这么一座戈壁荒滩的城市来说，当地人首先为你称道的就是此刻眼前的这座"水来了"的少女取水的雕像，对于东部城市来说水不是特别的期待，但是在这里，我感到了生命最真诚、最质朴的意义。

市内参观之后，我们开车前往了佳木河下游的乌尔禾魔鬼城，作为中国三大雅丹地貌之首，乌尔禾魔鬼城有它瑰丽的华彩。两小时后我们到达了这些因风蚀而成的突起沙石群，它就是拥有雅丹地貌的魔鬼城。它是干旱与"风魔"的杰作，近年来让魔鬼城有了不小的艺术价值，也吸引了众多电视剧、电影前来取景，我们也跟随拍照发烧友一同在电影《卧虎藏龙》的取景地前留了影。然而，在当地人中，蒙古族人称魔鬼城"苏鲁木哈克"，哈萨克族人称它是"沙依坦克尔西"，维吾尔族人叫它"雅尔丹"，这三个名称里都包含了恐惧、迷失的意味。所以，当我们看着眼前的魔鬼城，也就明白了克拉玛依的昨天。

两天的行程，让我对北疆丝路的自然风貌有了更直观的感受，带着很多话题，我们回到了克拉玛依市区，准备吃晚餐。回顾在新疆的餐食体验中，要特别称赞的就是这次克拉玛依的地道新疆味，因为舶来的不如本土的，烤羊肉要在新疆吃，格瓦斯要在新疆喝……如果没有了环境背景，饮食的感受也是会大打折扣的。同时，克拉玛依的经济发展有条件整合出高水准的用餐体验，比如我们走进的这家名为"天山集市"的民族餐厅，我首先被它的美丽的陈设和就餐环境所吸引。餐厅门口是按照维吾尔族人家场景布置的，打馕器密密麻麻地装饰在湖蓝色的门洞墙壁上，拱门后是维吾尔族人家的炕桌，上面铺着漂亮的毛毯，摆放着四角小桌，桌上放着一盆红色的马奶葡萄，葡萄的旁边是一把维吾尔族刻花填漆的净手铜水壶，炕桌后面的墙体上做了局部层次，一只刻花铜盘挂在了圆拱造型的正中。赏心悦目的门厅布置吸引我们快步进入了餐厅，只见餐厅宽阔的墙壁上又运用了大面积的砖红色，同时把各式伊斯兰风格花纹的餐盘挂在墙壁上做点缀，如此，就简单大方地将民族风情和用餐主题友好地结合在一起了。一抬头，还看见墙顶上垂吊的花枝，花枝与射灯在墙壁上形成了美丽的花影，在这一派神秘、浪漫，既有西域风情又有现代气息的用餐环境中，虽然餐食未起，但我们的用餐心情已被调节至欢快喜悦的频道上了。

在朋友的推荐下，我们以蜂蜜酸奶凉粽子和烤包子做餐前小点；凉菜是地域特色的新疆凉皮、恰玛古、面肺子、马肠和烤肉串；正菜则是《新疆味道》纪录片中提到的木垒羊肉焖饼子和罗布人烤鱼；餐后的甜点，我品尝了维吾尔族的娜帕里勇和牛奶饭，整餐搭配饮料的就是新疆特别的格瓦斯。这是一次特别丰富的用餐体验，每一样食物都令人兴趣盎然，虽然一千双手就会有一千种味道，但新疆厨师传递给我们的味道中没有忧伤，全是欢乐……

在随后的行程中，我还体验了克拉玛依的科技馆、全疆一流的商业体，和当地人的庙会，这其中此起彼伏的参观主题，让我思考着旅行的意义大概就是看过了很多风景、很多人生，所以不再把自己的标准当成衡量万事万物的尺度，从而未来的路，该学会的不是丈量，而是融入。就这样，在充分感受了黑油城的发展魅力之后，我们向着丝绸之路中国境内的终点——霍尔果斯进发，它在美丽的伊犁哈萨克自治州的最西端，也是中国北疆的最西端。

从克拉玛依机场出发，我们的飞行经过了雪山、戈壁和沙漠，来到了绿色的伊犁河谷。在飞机上，我透过舷窗就看到了伊犁分隔整齐的连片田地和黄色蜿蜒的伊犁河水，它们都在述说着绿洲的意义。伊犁哈萨克自治州是新疆维吾尔自治区五个自治州之一，州府在伊宁市，这是一座全疆人口排名第二的大城市，其中伊宁市中的伊犁河、伊犁将军府也都是我们熟知的名词，这一行能让它们从历史书籍的纸面上鲜活起来，已令我心中很有期待。

5月初的伊宁，飘絮下阳光柔和。我们车行进入了伊宁市，司机是位回族人，一路上我们向他了解着伊宁的城市历史，他告诉我们，伊宁地处河谷，所以自然条件在新疆属于相当好的，同时伊宁自古就是北疆多个民族的聚居之地。当我们入住了酒店，安排停当后，第一站就是去喀赞其民俗旅游区，体验一下一条叫"汉人街"的维吾尔族商品街道，在那有着各式各样的民族商店，有卖毛毡的，有卖挂毯的，拂尘、马鞍、皮靴和其他民族日常生活起居所需用品在那里应有尽有。由于前来采买和交易的汉族人也很多，所以这里又被称为了"汉人街"。我们走进了挂毯店，看见了漂亮、厚实的各种毯子，我想起澳门回归纪念馆里，在各省区赠送澳门的礼物中，新疆就以一幅回归主题的巨幅挂毯作为礼物，看来这种技艺当真是新疆的代表。看过各种厚实的挂毯后，我们走出了小店，发现许多蝇虫围着成卷的毯子，虽然这个景象不怎么美好，但恰好证实了此处挂毯中所含的动物毛成分相当高，货真价实。

　　我们走在喀赞其的街道上，还看见了一处名为"伊宁陕西清真大寺"的中式清真寺建筑，它是这条街道的标志性建筑，再向前，就来到了维吾尔族人卖馕的小店，小店门口散放着几张凳子，凳子上平铺了麻布，麻布上垒放着各式各样的馕，黄澄澄的窝窝馕、大馕、芝麻香馕看上去都光泽诱人。据说在新疆，打馕是维吾尔族女性学会的第一件家务，我们猜想此家小店的深处也会有着这么一位能干的妇人。在维吾尔族村庄里大家通常共用一个烤馕的馕坑，所以每到下午妇女们就会聚在村里的馕坑旁，一边打馕一边聊天，她们将劳作与社交结合在一起，在相互沟通中也生发出了许多欢乐。但是对我们来说，眼前馕的坚硬是购买的阻力，不过在此时的喀赞其，我们也学到了新疆人因地制宜的食用方式，将馕饼掰碎，然后浸泡在西瓜汁里，味道也十分不错，据说这是老人与孩子的食用方法，当然也适合没有适应馕的硬度的我们。

走过了喀赞其民俗区，我们来到了马路对面的伊犁国际大巴扎，从国际这两字就可以看出伊犁作为丝绸之路的重要通道，自古这里就与哈萨克斯坦、吉尔吉斯斯坦等中亚国家的有贸易往来。大巴扎的规模，相当于一个中型商业综合体，其中物品相当丰富，这里有全世界第一等级的格鲁吉亚红酒，俄罗斯不同纯度的黑巧克力，哈萨克斯坦不含防腐剂的饼干，还有乌兹别克斯坦的野生蜂蜜……如此丰富的物产贸易，让我重新认知了伊犁这个祖国西部边陲大都会的城市定位和意义。

走出大巴扎已是晚上7点过后，我们就近选择了一家哈萨克族的民族餐厅，在这里意外地品尝到了纳吾尔孜粥，这可是哈萨克族传统节日"纳吾尔孜节"上必须享用的一种节庆美食，之所以意外，是因为这古老的节日在当地也有几十年没举办过了。而我们能品尝到的这种以大麦、牛奶、肉筋混合熬煮而成的粥品，它的高热量和高蛋白和不易消化的特点，正是哈萨克牧民日常体力所需的营养支持。同时，我想这种食物对于游牧民族来说也是一理相通的。据说，蒙古大军曾经的行军军粮就叫"库此"，也是类似纳吾尔孜粥的食物，但增加了羊肉碎和酸奶，这种粥品食物既利于行军途中补充体力，也便于在马上进食。而酸奶，就是游牧民族共同认可的身体调节佳品，有关肠胃的一切不适，蒙古人认为都可以通过它来调节，所以我想这样的军粮食物，是一种因地制宜的科学配方。

接下来，我们听从当地人的建议，去看一看这个季节里最美的赛里木湖。从伊宁市出发，我们跨过了博罗科努山，经过果子沟大桥，来到了博乐塔拉蒙古自治州，6个小时的车程后，我终于站在了被称为"大西洋最后一滴眼泪"的赛里木湖边。数算这些年所见的山、河、湖、海，我深深赞叹赛里木湖的是她的净与静。蓝色的天空、白色的云朵，明镜一般的湖水，我想所谓的"仙气湖岸"大概也就是这样了。我们坐在湖边白色的大石块上，极目远眺，这湖的面积不愧为全疆最大，它超过了喀纳斯湖，而目之所及皆是湖水倒映天空的蓝色。我起身走向湖边，张开双臂要拥抱湖心上空黑色的鹰，再看向湖边的路与步道，它们与草地，与湖水，与白云和蓝色的天空，组合出一幅六维六色的极美画卷，当我们闭上眼睛，就能沉浸在它纯美的意境中。

赛里木湖的背后是一片连绵的高山与草甸，山上是待返青的草场，塔松挺立在山坡上，阳光透过树林，忽明忽暗地照在那里。新疆这种特有的牧场景象与内蒙古草原、西藏的草甸不同，内蒙古草原是地势平坦而开阔得无限，夏季里草儿虽绿但密植度并不高，西藏的草甸则更具高原特色并无森林葱郁的感受。我快速地在脑海中检索着眼前的景象曾在哪里相识，最终想起了曾经走过的奥地利山坡和新西兰的牧场，是的，也唯有那些欢快又纯粹的感受，才能与新疆富庶优美的天然牧场相近。

我们自赛里木湖观湖归来，就带着更深入的西部感受，向着重走丝路北疆行的最后一站——霍尔果斯出发。"霍尔果斯"是蒙古语，意思是驼队经过的地方，从名称来看，它在古时就是一座丝路商旅往来的小城。虽然近几年霍尔果斯因税收优惠政策时常出现在了我们的视野中，但是它真正威武的时刻是在2006年中国和哈萨克斯坦共同决定设立的"中哈霍尔果斯国际边境合作中心"之时。自此，霍尔果斯成为全球第一个跨境自由贸易区，继承了丝绸之路的流通与发展的伟大意义。

走在霍尔果斯口岸，我想起了这座悠久的口岸历史上曾几次经历国境线的变迁，眼前灰绿、粗大的沙棘树就像沉默的历史见证人，但作为丝绸之路中境内的最西端，今天的霍尔果斯将在"一带一路"的高质量发展中，承担起它最伟大的历史发展契机。站在口岸我可以清晰地看见对面的哈萨克斯坦国，作为中国公民，我们携带护照，办理简单的手续后经过口岸过境，步入两国贸易商场大楼。眼前的这座贸易大楼就是今天丝路上边贸发展和不断进步的象征，它崭新的外貌、源远流长的内涵，也让我深深地思索着在未来的时空里，丝路将凝聚成为宏大的发展力量。是这条丝绸之路将古老的中原文明与西域文化、中亚文化以及欧洲文明交汇在了一起，也正是这条丝绸之路让我们的丝绸、火药、瓷器、造纸技术、冶炼技术、水利技术传入西域，又走向了欧洲，惠及了世界。走过这条丝绸之路，我在一路行程中不断感受着物质交流的同时，也体会着东西方的多个信仰与文明在这片土地上的碰撞和相互交融。

随着对霍尔果斯这一中国境内丝绸之路最西端的探访与发现，我的重走丝路北疆行圆满结束了。重走这条古老的丝绸之路，我经历了沙漠、戈壁、雅丹、冰川还有雪山，走过了草原、峡谷、森林与湖泊，我真心感慨它们都是自然赋予丝路和我们的珍宝。重走这条古老的丝绸之路，贴近它的同时也让我更加坚信：这会是一条伟大的路，它对世界的影响继往开来，一如我们所愿。

第四章

藏族居住区人文体验

九寨沟地质小报告

第一次走进藏族居住区，我是从四川阿坝开始的，它是距离我所在的城市坐标最近的一块藏族聚居地，同时川西北的自然气候对人的身体考验较小。作为高原台地与内地最为接近的阿坝藏族羌族自治州，这些年的经济发展也随旅游开发呈现了逐年上升和融合发展的态势。有一年的十一前后，我和同事在成都出差，随即有了一个周末走进阿坝藏族羌族自治州的机会。同时，那里也是汶川地震的主要灾区，我们期待去看一看当时公司援建地的生产、生活情况，于是便和同事们开始了这次从成都出发，经过汶川，再去久负盛名的九寨沟和黄龙。

这一路是轻松、快乐的旅程，与我们同行的成都同事让我们感受到了天府之国的百姓对生活的满足与喜乐，他们和长期在快节奏下生活的我们有着完全不同的心境，在对待事物的反应上更幽默、更热情。一路上，我们经过了有"阿坝南大门"之称的汶川地区，在沿途行程中，我们看到了不少新修的藏式民居和羌族碉楼，这些是政府为灾区人民修建的，保留了原有的住宅风格，也尊重不同民族原有的生活形态。同时，我们绕行了地震后公司对口援建的镇小学、医院等地方，都已投入使用。在震后的生活中，我们并没有明显感受出灾区人民曾经的伤痕，也深深感叹他们有着坚强自愈的能力。

接下来，我们要前往的九寨沟属于高原峡谷地貌，它是藏族居住区各种地质种类中的一颗明珠。九寨沟地处青藏高原向四川盆地过渡地带，地质背景复杂、海拔高，海拔决定着自然环境和气候，而环境与气候决定着局域藏族人的生活习惯和经济发展模式；所以藏族有安多、卫藏、康巴等大分支，嘉绒、工布、白马等小分支。而处于四川西北部的阿坝和甘孜也有着与西藏和青海不同的造物神奇，其中，九寨沟和黄龙就是代表了。

以地理位置来看，九寨沟地处川北与甘南的交界处，从九寨沟县到甘肃的陇南市仅193公里，所以我们在出发前，便听说了一个关于九寨沟曾经省属辖区变迁的故事。车行时光过得飞快，我们一路到达了九寨沟景区。九寨沟之所以得名，是因为这里有着世居的九个藏族村寨，而历史上九寨沟的古称是"南坪"，单从名称的古今对照来看，"九寨"这个名字更有故事体系一些，也自带了内容营销的含义。

然而，真正引发我们好奇的是眼前秀丽的九寨沟，它的水质和水景的形成原因，如果以茶叶的生长逻辑来抛砖引玉引发这个思考的话，那么我想九寨沟独特小局域环境内的地质情况和气候条件，就是它形成特殊水质的原因了。正如，甘川两省交接地区的一句谚语中所说的那样，"碧口不像甘，南坪不像川"，其中提到的甘肃省的碧口镇正是位于甘、川、陕三省的交汇地带，也处于白龙江的下游，所以它和我们传统认识的大漠孤烟、长河落日的甘肃有着截然不同的景致，完全是一派江南水乡的湿润和葱绿景象。同时，谚语中的"南坪不像川"说的正是由于九寨沟独特的高原湿润气候，不同于四川大部分地区的亚热带季风气候，而景致也并不像四川其他地区。

其次，细看九寨沟所在的阿坝藏族羌族自治州北接甘肃，甘肃正是中原文化与西域文化的交汇处，南面接临的四川盆地，刚好又是巴蜀文化的代表，而西面接临的甘孜藏族自治州是吐蕃文化的渐进区。如此，在这三种地域文化的渐进及过渡中，我猜想九寨沟的神奇不光只是大自然的赠予，还可能是人文风情的交错。此时，我们看见的九寨沟水体正如众所周知的是以蓝绿色闻名，一泊泊的水景灵气浸透，我们走过了芳草海、五花海、芦苇海，赏心悦目得如同仙境一般，此时山间的几株山花，开着细小的粉色花朵，在我们随意的一个镜头下，就是蓝色水体与粉色花朵的柔情画面。另一方面，由于九寨沟的水体有饱含矿物质和强碱性物质的特点，它的水体虽然洁净，但与我们常见的地底泉水的明净还是略有不同，不同的矿物质令九寨沟的水体能展现各种钙化水质的瑰丽色彩，获得了"中华水景之王"的美称。

进入景区，步行九寨沟对我们来说才是一项完美的体验，除了可以看到对旅游开放的水体之外，还发现了大大小小很多处自然性水体，其中有的仅半亩尺寸。据说，九寨沟内一共有140海，同时海海各有不同。当然，我估计这140海可能也有着唯一共同点，那就是因为强碱性的水质不适合动植物生长，所以我们所见的水体中并没有找到水生植物和鱼类的踪迹，不知是否也因此成全了九寨沟水体的清澈见底，湖底石灰岩层触目可及的景象？再从游客的心理投射来看，我们对水的了解，约定俗成的暗示是水深则莫测，而九寨沟的水则一反常态，既满足人们对水深之下一览无余的探查和好奇，又带来更多放松、喜悦的心情。我们各自体会着观察水体的心情，作以思考。

此外，九寨沟景区内还有高山草甸、树林和灌木丛，这些和迪庆藏族自治州的香格里拉很相似，所以作为高原台地的渐进区，也是有地理标志体现的。

我们在饱览了九寨沟景区后，第二天来到了黄龙景区的瀑布观水。虽然黄龙瀑布并不高大，但水流宽度很宽，常年水流经过的山体，形成了乳白色高山以及高寒区的岩溶地貌。我踩在瀑布流水经过的草地，看着眼前的流水汇流成了各条浅溪，然后猜想可能也是由于钙化水与石灰岩山体的共同作用，才能形成这样的奇观。远远地看着这些钙化的黄龙梯池，它们随着山体层层分明，又错落有致，宛如仙境中的莲台瑶池一般。黄龙景区虽然和九寨沟略有不同，但是整体上都可以用秀美来定义和形容，这种独特之美是之后我在青海与西藏体验中，都并不相同的。

从成都到阿坝之行的一路上，我们还领略了高原湿润气候的特征，这是太阳辐射强而差额小的环境，大气层的厚度和水汽含量相对少，所以相比成都平原的阴郁，这里是完全晴好的两重天。在我们到来的秋季，阿坝的昼夜温差远比我们在高原之下的同纬度区域明显了很多。与此同时，我们从阿坝返回成都的途中，在这片高原上，我还第一次近距离地看到了冰雪覆盖的草甸，高原深秋的黑色石滩，还有山上大面积飘动着的经幡和空中升起的风马旗。我们在旅途中小憩，站在路边刻着藏文六字真言的玛尼堆旁，看着那些顺时针绕行，念着六字真言的藏族人，体会着他们身、口、意与佛成一体的内心追求……一路上，我们还走进了藏族人家的餐厅，蘸着辣椒面吃着牦牛肉，上菜的藏族男孩会对着女生大喊"索嬷"，我们也入乡随俗的回喊他们"索朗"。据说，在这片高原上，索朗们会在年轻人的夜晚篝火晚会上，抠抠自己喜欢的索嬷手心，如果索嬷也同样回之，那就是一段青春美好恋情的开始……

这一行，是我人生中第一次对藏族居住区有所体验，也让曾经在小说中看到的情节，鲜活地跃然在自己身边！

许多年后我在欧洲旅行，经过法国旁边的"邮票"小国——列支敦士登（下称列国），当时我走进了一家阿尔卑斯山下的纪念品小店，希望买到列国的邮票带回来收藏。一开始接待我的是位洋帅哥，彬彬有礼但交流无法深入。之后，他友好地为我请到了一位华裔同事做讲解，令我惊讶的是这张熟悉的面孔触碰了我的记忆。直觉告诉我，他黄色的皮肤、黑眼睛的长相，很可能就是我见过的阿坝索朗。我小心地询问他，他即刻就回答了我："是的，我是藏族人。"这是个远隔重洋在异国他乡的惊喜，而眼前的这位名字正是"索朗"。自此，我们交谈的不仅仅是邮票了，我询问他是否去过西藏，他说父辈就来到这里生活，他会说汉语、藏语、英语，但没有去过西藏。

我挺有使命感地告诉他，在列国遥远的东方，有一片美丽的高原，那里的阿坝藏族对男性的普遍称呼正如他的名字，就叫"索朗"……他深有所思地倾听，看着我手机里保存的照片，勾起他心中多年的向往。在之后的多年里，我与这位期待探望家乡的同胞在朋友圈相见，我看着他在异国的生活、锻炼、生子，也常常鼓励他回来中国西藏看一看，他总会真诚地告诉我，会，一定会，包括他的孩子。

……

我来，我见，西宁发展变迁

第一次藏族居住区之行回来后，我的心像着了魔，满心期待再次与它亲近。第二年夏天，结合几天短暂的假期，我从深圳飞往西宁，四个小时后降落在西宁曹家堡机场，与考察青海市场的朋友一起展开了这趟西宁之旅，继续自己对藏文化的进一步体验。

车行经过隧道进入了西宁市区，我们在东关清真大寺前，看见了大寺广场上满是做礼拜祈祷的回族人，远远望去一顶顶的白帽子，场面蔚然壮观，据说他们正在做开斋节前一天的礼拜，向着圣城麦加的方向虔诚地祷告。斋月，对于回族人来说是件大事，对于从小在西部长大的我们来说，这样的习俗虽略有了解，但对眼前礼拜的规模仍有所触动。斋月，虽是宗教传统，但按照《古兰经》的教义也是克制私欲、体会饥饿，以资行善的修炼。只是斋月中，清真餐厅不对外提供丰盛的饮宴，所以，我们没能在到达的第一天品尝到西宁的清真风味。

接下来的两天，我开始了对青藏高原的初步了解，从西宁搭车，计划先到达日月山，再翻过日月山口，并打算向西去看一看西宁的城市名片——青海湖。眼前的这座日月山，是拉着经幡的绿色山包，它的景色与它的地理位置相比，后者更为重要。据说，由于日月山地处青藏高原与黄土高原的叠合区域，所以海拔最高处有4870米，同时，它自古以来就是唐蕃古道重要的节点位置。之所以得名日月山，正是和文成公主进藏的故事有关。传说公主站在山顶回望家乡长安，思乡之情油然而生，伤心间不由得跌落了陪嫁的宝镜，这面宝镜碎成了两半，落在了两个山包上，跌落在东边山上的半块朝西，映着落日的余晖，跌落在西边山上的半块朝东，照着初升的月光，此处就得了这"日月山"的美名。

走上日月山，看一看这青藏高原的风光，它比之前我去过的藏族居住区高原地区更为荒凉，也更有刚性。我顺着人流，走进了日月山上一处小小的文成公主敬香店，怀今思古，为这位远嫁的公主聊表纪念。多年后，当自己在西藏山南地区参观雍布拉康和昌珠寺等文成公主遗迹时，便不由得感慨如果没有当初的和亲与进藏，也许吐蕃和中原的连通并非是今天的景象，文成公主是西藏与大唐中原文化的一座桥梁，增进了两地的交融，也化解了当时的战争，而这些功绩并非夸大，当你走过实地便会有深刻的洞察。

走过日月山后，从地理标志上来说，我就进入了青藏高原，一路的车行，两个小时后，我的眼前便出现了中国最大的内陆湖泊青海湖了。而关于它的"大"，我正是从当地赶马人那里得知的，赶马人说青海湖当地有句谚语："身背炒面绕大湖，跑垮好马累死鹿"。听到这句话后，我与他们相视一笑，不由得领会了这里人对大湖的爱与忌。青海湖是在我所见的湖泊之中独具浩瀚神秘感受的，它才像是青藏高原上的一面宝镜。当我走在青海湖边时，阳光洒在湖面上，湖边的牦牛粪、青草地，虽然少了几分诗意，却多了几分人们真实的生活。看着那清澈、碧蓝的湖水拍打着湖岸，微微起伏的波澜似乎能让时光停滞，除了湖边的砂石，我向前探身去看两米开外的湖面，便开始看不见湖底了，这既是所谓的深不可测、寂静悠远，也是当时我对大湖的知觉。对于当时这种谈不上优美、包涵刚性的知觉来说，我更愿意用男子深厚、沉着的气质来形容青海湖，这是它给人与众不同的感受。

此外，据说青海湖四季的景色各不相同，夏秋季节的青海湖就是这般如斯碧蓝的湖水，湖边牛羊成群，农田麦浪翻滚，油菜花儿泛金，它们是中国各地油菜花中开花季节最晚的一批了，每年8月的菜花金黄也为青海湖带来了旅游的旺季。到了冬季，青海湖冰封玉砌、银装素裹，是反射着太阳夺目光芒的一整片冰面，看着眼前的青海湖，我似乎能领会到"大美青海"这句推广语的深意，不仅源于它的面积、体积、容量可谓之大，还源于它强度、力量的超越一般，这种青海大美的感受之中，既有地域的宽阔，也有性格的硬核。

两个小时之后，我顺利地游完了青海湖，再返回西宁市区。这一天中，我计划再去拜访一座当地的藏传佛教的寺庙，它就是塔尔寺。这是一座规模接近45万平方米，有寺属耕种土地的寺庙，它的整体规模相当于一个中型房地产开发项目，可谓之不小。我有幸邀请到一位景点导游为我讲解这座黄教寺庙的历史和文化，同时在这位尽责的导游指导下，我认识了塔尔寺的特色三宝——壁画、堆秀、酥油花。其中，我对酥油花好奇不已，它实在拓宽了我对酥油使用的了解，僧人们用藏族同胞日常食用的普通酥油，通过染色、冷却、手工雕琢，变成了食用之外的各种艺术造型。它们可以是栩栩如生的佛像、花蕊分明的花朵，还有常见的灵性动物，虽然细看这些和我们通常理解的精巧并不能完全相同，但这是藏族人对生活与艺术的巧妙心思。同时，由于制作酥油花需要僧人将手反复浸泡在冷、热水中去完成雕花和塑型，所以擅长做酥油花的僧人手指多有变形，这也是真实的匠人匠心精神了。在游历塔尔寺的过程中，我为这位陪同我的景点小导游点个赞，她朴实坦诚、知无不言言无不尽，有着希望你了解青海、了解西宁文化的初心。

　　游完塔尔寺归来，我对青海又有了新的认知，晚上和朋友谈论的话题也离不开眼前的青海旅游发展，真希望这样的大美青海和靠谱的青海人能被更多人关注和认知。我们以外地人的视角，向青海当地的朋友介绍着文化旅游与休闲旅游对经济拉动的不同影响，对比了西安的文化旅游与成都的休闲旅游在消费吸引能力上的差异，委婉地表达着青海的旅游发展除自然大美之外，还须加强人文内容的开发，特别是在商业配套设施的建设上。这是我们由衷的建议，也是我们的祝福，这种祝福的起点就来自这几天中我们发现青海人身上的那股特别迷人的气质，那些除了西部人普遍拥有的耿直性格外，青海人独有了憨厚和温暖的特质，它与荒凉的自然形成了鲜明的反差萌。

　　青海，也是中国多民族的聚居地，它独有着土族和撒拉族的风土人情。第三天上午，在我的央求下，我们向西宁的东南方向出发，去寻访黄河边上的土族和撒拉族人家。对于这两个人口总数不多的民族，我的寻访热情相当高，根据自己之前的不完全了解，土族的起源是民族志中的不解之谜。目前，绝大多数的土族人居住在青海省。民间流传一部分土族人认为自己是蒙古族的后裔和分支，另一部分土族人则认为自己是回鹘和吐谷浑的后人。再从生活习惯和样貌特征来看，我认为他们有着与北方民族的相似性，从居住的地缘属性来看，他们又和吐谷浑分不开。以宗教信仰来看，似乎又不存在明显的关联性，因为土族信奉藏传佛教，这与回鹘人信奉的摩尼教，吐谷浑信奉的多元宗教，甚至与蒙古族信奉的大乘佛教都不相同。那一路上，我带着兴奋与好奇和青海的朋友做着交流，很期待自己能与这个古老的青藏高原少数民族有些亲近的接触，对他们的尕小伙爱唱的"花儿"，土族妇女精湛的土族盘绣，做进一步探索和发现。

从西宁出发，车行三个多小时后，我们首先来到了循化撒拉族自治县。撒拉族又是一个传奇的迁徙民族，他们的故事也深深地吸引了我。我们从街上撒拉族人的外形与衣着来看，他们和回族并没有明显的区别，但是此处的撒拉族人，自称是将伊斯兰教带入中土较早的民族，他们信仰伊斯兰教早于这里的回族，据说在循化街子清真大寺里，至今还保留着国内《古兰经》较早期的手抄本。循化的撒拉族人自称撒拉尔，他们来自中亚的撒马尔罕，先祖是为了躲避权贵迫害，带着族人一路东迁的兄弟两人。同时，令我们惊叹的是他们在迁徙中选择定居地的独特方式，据说撒拉族从中亚一路走过了沙漠、戈壁，直至来到了青海的循化，在用工具称量泥土的比重，确定此处与故乡泥土一致后，才定居了下来，至今已在循化县繁衍生息了800多年。

我们走进了一户撒拉族人家，清漆釉木的房子有粗大的梁柱、4米多高的堂屋，干净整洁的室内环境。据青海的朋友说，撒拉族男子自小就学习经商，女子都做得一手好饭，这是在青海的各民族中相当有口碑的，而我们的晚餐也是在这里进行。依照《古兰经》，撒拉族人的席面上是没有酒的，是以盖碗茶来待客的，此时的餐桌上已经摆好了各式风味的菜品以及干果，一应俱全，凉菜和面点也很丰富：撒子、柳叶饺子、炸豆沙丸子、包子、凉皮、炸油糕……光从视觉上，就给我们很强的满足感。此外，撒拉族人的席面热菜多是以牛肉、羊肉、鸡块等食材为主，主食则是面片或烙饼，会一应摆上供客人选择。我们一边吃着这样的一桌好饭，一边体会着食物随时间的流变却不会丢失本源的滋味，这份独特而热情的口味也在触碰着我们的心灵……

　　再次踏上青藏高原是2019年的事，这一年的夏天我出差来到了西宁，住在西宁新城市中心海湖新区的万达嘉华酒店。2014年到2019年间，西宁的海湖新区就是西宁城市过往5年的快速发展的缩影。万达嘉华酒店这一片，原本是水校对面的两个村子，经拆迁后交由开发商建设开发了商场、酒店及商业综合体。其中，同盛路的面貌也是翻天覆地的，从原来的小街巷一下子成了新商业旺区。当我走出酒店，呼吸中的空气没有了深圳的酷热和湿黏，西宁真不愧"中国夏都"的美誉，就这样，我坐上了的士车，一路舒畅地前往刚刚扩建完成的藏文化博物院。

这一路上我和与司机小哥聊着天，他是一位90后的男生，黑黑的皮肤，穿戴时尚。我听他讲述着过去的五年是西宁人倍感骄傲的五年，是西宁的发展最快、变化很大的五年，他从小就在这个城市生活，为着这五年的快速发展感到扬眉吐气。他还不时地松开方向盘，用手指一指前方一排排的高层建筑，自豪地和我说："这些，原本五年前可是没有的。"我问他："那如今，还想出去打工吗？"司机小哥挺沉稳地回答我："从心里不想，父母都在这边，同时看着西宁这五年的变化，感觉这个城市有希望。"是的，在发展进程中的"ING城市"都是最具吸引力的，我懂得那种每天城市在进步，遍地都有个人发展机遇的感受，因为我也曾经历。现在的西宁就像多年前的深圳，那时的我们投身了房地产行业，推动着城市化发展，每一天都有迎着朝阳向前走的感觉，就是那种感觉让我们对城市发展是心中有爱，更有期待的。

因为这份懂得，之后我们便能像朋友一样聊着天，不一会儿就将我送到了藏文化博物院，这是我此行出差见缝插针也想来参观的地方。眼前的这座藏式风格的多层建筑，窗体上贴着六字真言的玻璃贴，它与之前的藏文化博物馆相比，从一层到四层，展出了更多有关藏族历史、文化、艺术到民族服饰的展品。其中的一幅获得世界吉尼斯纪录，名为"中国藏族文化艺术彩绘大观"的巨幅唐卡，就是我前来参观的主要目标。

站在这幅彩绘大观前，我惊讶地看着这种热贡唐卡艺术，它虽色彩艳丽、内容丰富，但颜料多取自天然，从金银到珊瑚，从珍珠到玛瑙、松石，我很难想象画师是如何将这些硬物质运用在如此平整的彩绘中去的，但它们的确赋予了彩绘最美的展现。其中，以松石蓝绿色填充的天然湖面，是明净而真切的，以金银熔开的色彩又勾勒出了彩绘上佛祖真金宝座的威严。经过一遍遍精细而复杂的描摹，能让彩绘上小小的一平方寸里竟有几千处笔画，我看到的山体、祥云、佛祖的发丝均纤毫毕现，叹为观止。

观看完整幅618米长的彩绘大观，我用了近1个小时。据博物院的讲解员介绍，彩绘是作者耗时27年绘制的底稿，并邀请了藏、土、蒙、汉族400多位唐卡艺术家，共同合力花了4年时间完成的。同时，彩绘中的画面大致有1500平方米，唐卡就有700多幅，堆秀3000多种，它能让观者系统地认识藏族起源、宗教形成、医学问世、艺术生活等方方面面。其实，彩绘中除了有秘境珍藏的青藏高原风光外，各式坛城也让我流连忘返。在未见彩绘大观之前，是难以想象藏传佛教的宇宙观原来是如此丰富的，十几种坛城彩绘中既透着神秘又饱含了哲学。这也是我首次看到了除彩唐之外的金唐卡、玛尔唐红画、黑色的纳唐，这些唐卡种类都是藏族艺术中的传承技艺，流行于不同的时期和藏族居住区。而各种唐卡技艺的共同点就是都为工笔画，我深知工笔画与写意画的不同，它从勾线到描稿、染色到刻画，每一步都需要制作者很高的专注力。所以站在这幅彩绘大观前，我思考着艺术家们的这份专注力，也深深地治愈着我们这些快节奏生活中可能迷失自我的观者。

随后的两天中，我带着此行西宁满满的震撼，回到了工作轨道，紧张而忙碌的工作告一段落后，我计划再次踏上青藏高原去看一看曾经的青海湖，和打卡新近的网红景点茶卡盐湖。"茶卡"在藏语中是取盐之地的意思，茶卡盐湖是柴达木盆地的四大盐湖之一，能出产可再生的食用盐，古往今来它的经济价值是核心。近两年，旅行爱好者发现盐湖的盐体与浅层盐水，在日光照射下有倒影成像的景观，加上网络直播的力量，茶卡盐湖就成了中国的"天空之镜"，我也是慕名前来，看看究竟的。

刚进入盐湖，我目之所及皆是大量的游人，此时夏天正是青海的旅游旺季，景区的各种服务设施从区内通行的小火车，到鞋套租用服务点都已经是人满为患，据说在景区人流的最高峰时，游客是需要排队2个小时之久才能进入盐湖的，看到盐湖旅游此番发展的新景象，我真为青海高兴！同时，来到盐湖的旅游动线和活动主要是沿着湖岸深入湖中，凹着各种造型拍照片，从拍照成像的效果来看，女性的红色裙袂在蓝天、白湖中最为抢眼，而为了使游人乘兴而归，青海的不少旅行社还主动为游人在这一站的服务中预备了红丝巾。这是我5年后的旅行体验，感受到了进步和不断发展，随后根据导游介绍而知，目前青海省旅游局也正在以茶卡盐湖为样本进行同类新的景点开发，计划会相继推出柴达木盆地的翡翠盐湖，既可将旅游人群分流，也是作为旅游体验的呼应。

当我告别了茶卡盐湖的火爆景象，在乘车前往青海湖的一路上，领略着来自青海湖清新、凉爽的风。这也是有别于五年前第一次来此观湖的感受，在青海湖的景区面积上，青海湖的游览内容上，都发现了不少变化。一入二郎剑景区，我便看见了成片种植的波斯菊，作为熟悉高原的人，我将它们称为格桑花A，因为"格桑花"泛指高原上的美丽花朵，这是一个概数，也是一个统称，在环湖之中，通常我们还会发现其他美丽的格桑花B、C、D。我和导游饶有兴致地讲述着自己的这一经验，就走过了湖中的西王母的汉白玉雕像，雕像中西王母微微向前，伸手以示对游人的欢迎。这位历史上的西王母，可不仅是与周穆王有着一段爱情传说的女子，她还是夏朝时一位西部伟大王朝的大国领袖，如今她出现在这里正是讲述了昆仑与瑶池的典故。我们走过了西王母像，向着青海湖的游艇码头走去，这是一片可以零距离接近湖水的地方，湖中的水浪有着自己的潮汐节奏，轻轻地拍舐着湖岸，游艇码头的广场上，也多出了各种旅游体验型的活动，游客可以投喂青海湖的湟鱼，也可以乘快艇和游轮观湖，这些让原本苍凉、略显单调的青海湖变得生趣盎然起来，也更加适合家庭型的全龄旅游需要。我们走过身边拥挤的旅游人流，步行在新添置的商业餐饮和住宿配套中，这次与青海湖的相会，我看到了它这几年旅游经济外向性的发展和进步。

在回程西宁的途中，我再次经过了日月山，看着日山与月山上的隆起，发现山顶新建了日亭与月亭，这些人工的修建的痕迹让历史更好地被整理和重现，以弥补自然风光之外的一段文化之美……至此，随着时光的前行，我们有理由相信，中国的城市化建设与经济发展会在西部的"四海八荒"处处得胜。在祖国的东西部地区不断开放与融合的过程中，西部城市也能从过去的资源城市，走向未来的"知识城市"，这也是我对伟大西部发展长久以来的企盼。

雪域的城与山与湖

给陌生的人一个拥抱

让他们看到我自信的微笑

纯真的女孩心灵手巧

把梦想纺织成美丽的布料

我站在世界之巅起跑

每天都要起得比太阳更早

……

我的梦比高原更高

像白云在天空上飘

我要看到全世界

也想要被全世界看到

高楼大厦挡不住我梦想的骄傲

有一天我会飞上云霄

嗦雅啦 嗦雅卓洛 阿啦耶 索雅啦

　　我听着阿斯根这首《高原上的梦》，随手翻开西安女作家李蕾的小说《藏地情人》，坐在深圳机场准备登机。这是我继川藏、青藏之后的西藏之行，时间是2014年的十一假期，这个时间点虽然已不是西藏最好的季节，但是它是能和同行朋友彼此有交集的时间。

　　飞机将我们送达拉萨贡嘎机场，很幸运的是飞行一路没有颠簸。司机师傅在机场外接到了我们，当晚没做过多的交流，师傅只是严肃地告诉我们高原热量散失严重，不能洗澡，尽快入住休息，只有充足的体力才可以应对第二天可能出现的高原反应。临睡前，我发了一条"跋山涉水，只因你绝世风华颠倒众生，风尘仆仆只为你圣洁纯净洗涤灵魂，遥远又神秘的西藏，我来啦"的朋友圈，没想到竟刷爆了深夜的留言区，原来西藏在这么多不同人的心中翻涌。

　　次日清晨，我们用过早餐，前往晨曦中的大昭寺，街道上煨起了桑烟，这让拉萨城看上去并不那么寒冷，身边藏族人的衣着有的和我们相似，有的穿着藏袍，不少年轻男子梳着旧式的发型，油光的辫子盘在头顶，辫穗上带着珠子、松石或几颗玛瑙做成的饰物。此时的大昭寺门前，已经聚集了很多磕长头的藏族人，他们是从西藏各处赶来的，脸上有神奇的高原红，据说很多人晚上就住大昭寺广场，以便于一早天亮就开始磕头。其中，不少藏族家庭是一家之中选派了代表来到拉萨，长年固定在大昭寺门前供奉或磕满十万个长头。我们边排队入寺，边观察匍匐敬拜的藏族妇女，我看见她们头顶上紫色的血痂，这是成年累月的磕头痕迹，我们感慨藏族人的敬虔，怀着不一般的敬佩，顺着人流进入了大昭寺。

有意思的是，我发现身边的藏族同胞，手中都拿着暖壶或保温桶，起初很好奇，我在想：来大昭寺游历会很渴吗？还是他们出门太久了，每个人都自带干粮和热水呢？之后，我的疑惑跟着前行的队伍被慢慢解开了，原来藏族人会恭敬地依次走上前，站在佛像前的油灯或酥油盆边前，小心翼翼地打开他们的暖壶和保温桶，倒出液体酥油或用小勺挖出凝固的酥油，添放在佛前的酥油盆里，再双手合十、顶礼默念，之后再向下一个佛像走去。我们观察着他们这样重复性的举动，在一片无声而审慎的气氛中，体会着这与我们通常所见判若两样的环境。

之后在寺内众多佛教造像和圣殿中，我们寻找着大昭寺最为珍贵的释迦牟尼十二岁等身像，这是由文成公主和亲时带入吐蕃的。同时，大昭寺也展出众多西藏政治人物的塑像，在寺中人流最集中的松赞干布与文成公主像前，我们看到了这位吐蕃王朝最强盛时期的领袖。此外，对我们来说，大昭寺还是一座艺术宝库。令人欣喜的是，通过观察寺内的众多造像，我们可以清晰地区分藏传佛教与汉传佛教在造像特点上有哪些不同或各自发挥展现，眼前所见的一尊尊藏传佛教的造像从外形看起来，更趋向于印度和尼泊尔的佛像风格。

其中，大昭寺内的度母像吸引了我的关注，之前在深圳的一次文化活动中，我购买过一位年轻画家的新派度母画册，在整本画册中，度母的各种造型和不同的优美身态真是美轮美奂，令人过目难忘。如今，我来到大昭寺可具体获知度母的文化内涵，确实有惊喜，也逐渐领悟到文殊菩萨被誉为诸佛的智慧集，观音菩萨被誉为诸佛的大悲集之间的不同。而度母则象征了诸佛的事业集。所以，度母、度母，是度世间之母，也是度诸般穷苦之母，具有帮助人们遣除痛苦、置于安乐的特殊能力。这些与我未来西藏之前，听说度母是观世音菩萨中的一尊的传说很有不同，度母不仅有自己的体系，还有21度母之说，其中我们熟悉的绿度母便是21度母之首了。这些神奇的雕像与地域文化的结合是何其深厚，这都是不来西藏不足以明鉴的。

结束了寺内的参观，我们走上大昭寺的金顶。站在金顶上，远处是褐色连绵的山脉，眼前的广场上弥散着香烟，旅行与朝拜的人群交织又不停游走，这真是好热闹的拉萨街头啊。我抬起头仰望拉萨的日光，寄情寄景地想起了仓央嘉措这位浪漫的活佛，他是不是也曾站在这里眺望，才会写下了世俗冥想的情诗："住进布达拉宫，我是雪域最大的王。流浪在拉萨街头，我是世间最美的情郎……"离开大昭寺我们带着藏族居住区特有的浪漫和直抒胸臆的情思，向下一站雄伟的布达拉宫进发。

用"雄伟"二字来形容布达拉宫，过往我是有所不解的，因为对于高楼大厦、宫殿、城堡，我都不陌生。所谓"雄伟"的感受，以往从布达拉宫的图片上也无法很好地感知，直到自己站在了这个神奇的建筑之前，才被深深地震撼到。眼前的这座布达拉宫并非平地而起，它是借助玛布日山的山势向上砌筑而成的，所以它既依山垒砌，又将山体和宫殿完美地结合了起来，这远比山顶城堡的建筑单体更显得气势磅礴。如此，你可以说布达拉宫就是山，山就是布达拉宫，这种自然与建筑的融合成就了彼此，这座世界上海拔最高、集宫殿、城堡和寺院于一体的建筑，也给了参观者与众不同、自带神奇的高原建筑的心理力感。如此，我要称赞的其实是它因地制宜、充满智慧的建筑构思，成就了布达拉宫的雄伟。

接下来，我们走上布达拉宫的"之"字形山体步道，这好像有无数级的台阶，消耗着我们仅有的肺活量。从低海拔地区来到西藏，首先是从走不动的无力感开始相信了高原对人类生存的挑战。经过近一小时的步行，我们达到了山顶寺院和广场，这是真正的"西藏之巅"了。它既是西藏人工建设的最高点，也是藏族人心中信仰的最高点。山顶的寺院共有七层，是一座藏式梯形的建筑，墙沿下挂满黄色、黑色图样的经幡，建筑每一层正面的立面上，都开着一字横排的三个窗洞，建筑两边的山墙上有单个窗洞，建筑一层的台阶上还有三扇梯形的门洞，大梯形建筑上规则地分布着多个小梯形，这些大大小小的梯形，将西藏建筑的风情完美地展现给了前来寻访它的人。

山顶寺院的广场是专供喇嘛在节日中观看跳神、藏戏的德阳夏广场，平坦的地坪让我猜想它会不会也是"打阿嘎"打制而成的，广场的四周是两层木质结构的藏房，为僧人居住的用房，在藏房的二层窗台上，我不经意间看到了一排花朵，花盆虽然简朴，但生活没有高低，总有温情。我们稍事休息后，便开始从白宫的东大殿参观，一路走过了松格廊廊道，看见了文成公主进藏图，再步入东大殿看到了僧人们日常诵经的经堂，又走过活佛日常参加各种接待活动的会客室，一路上，我们在各种壁画、浮雕中穿行，体会着这种寺庙生活的古老与神秘。内部参观后，我们又回到了德阳夏广场，我一抬头便看见了白宫右边的墙体仿佛就接着天，因为墙边一大朵白云如正飘在墙体上，对比宫内密匝、紧窄的空间，德阳夏广场的开阔和风景都更让人留恋。由于在高原上，下山也是需要耗费大量体力的，所以我们坐在木质藏房的阴凉下闲谈，也注视着午后日光直射的大地，我向后撑着手，裙袂就在腿边随着山顶来回的风飘动着，眼前的日光、清风和白云，让我像每一位来到西藏的内地人一样，被挑战到了内心惊与美的极限。

　　在拉萨的几日行程中，我们转了转八廓街，坐了坐甜茶馆，拉萨不仅是一座"日光之城"，还是一处祥瑞、休闲的生活所在地。走过了拉萨，我们继续向西行，下一站是圣湖纳木错。"纳木错"是藏语，它还有一个蒙语名字叫"腾格里海"，腾格里海的直译就是"天上的湖"，这更直接地说明了纳木错的形成特点。在7000万年前的造山运动中，欧亚板块与印度板块因相互挤压，造成了高高隆起的地质变化，而这一变化也为西藏地区诞生了许多美丽的湖泊，纳木错就是其中之一。

　　我们向纳木错行进的一路是要跨过藏北草原的，所以我一早便翻出了袍子、套上了皮靴，以抵御藏北逼人的寒气。藏北草原的公路两边，风景与拉萨大不相同，近处是秋黄了的草地，连片的黄草在阳光下黄澄澄地接连到天边，天边是一条极细的褐色山脉，山脉上飘着一层形态各异的浮云，浮云在山脉之上像一条飘舞的白色带子，最后是深蓝色的天空覆盖在飘舞的白云上。这样的画面既好看，又别于传统印象中的蓝天、绿草地，大自然的鬼斧神工让西藏草原的秋景更多了浓烈与惊喜。随着海拔不断升高，我们的车速慢了下来，车窗外开始有一片片黑色的石滩，石滩上残存着白雪，白雪就像斑驳的妆粉落在了黑色固体上，头顶上的太阳在相机镜头下，被光谱分解成了四瓣的太阳花，这是一幅多么奇妙的景象啊。

　　我们再向前车行，眼前便是白雪覆盖的山坡了，草地逐渐稀少，白雪茫茫，慢慢地填充了我们的整个视野。在阳光高照下的雪域大地上，世界突然静谧了下来，生命的痕迹被抽离得所剩无几，在人迹消失之后，是蓝天、白云和雪域自带的圣洁与高远……车行要翻越5190米的那根拉山口了，这山口已经在当雄县内，它是我们通往纳木错的必经之地。当海拔升高到5000米时，就已经是人类生命的禁区，在这里只有雪和山与云，山口是两侧一层层的山峰之中共同裂出的一个通道，山峰上满是积雪，我仅在向阳的山脚处，可以看到一点褐色的山体。视线中，山口通道的后面是天空的淡蓝色，厚重的白云又将天空的淡蓝色挤压到了零散，在这样的生命禁区中，没有了飞鸟，没有了动物，蓝天和阳光都已褪色，这里是一片空洞的主宰之地。

　　我们不同程度地出现了头晕、呼吸困难和指甲乌黑，平时能走一步的速度，如今只能走半步，打开氧气袋将细管插入鼻孔，我的双脚像踩在棉花上。风来时，山口的风大如狂，山体上的经幡翻飞欲裂。翻过了那根拉山口，我们所有人都没有说话，这是一种对环境的敬畏和紧张吧。直到十几分钟后，师傅安慰我们说："圣湖快到了，打起精神来……"纳木错的湖水，在草地上没有一定的边界，草地也在湖水中漏出不少的细叶，这就是高原湖泊的特征了，它没有一定之规，看不到泥土的边界，更没有拦堤或围堰，湖的大小只可能是个概数，随着降雪和融化雪水流量的变化，湖的面积也必有所增减。

纳木错的湖水是白色的，但能清晰地倒映天空与白云的轮廓，这是一片毫无遮盖的场域，湖边的紫外色极强，远处有藏族同胞提供的白牦牛，供游人骑乘和摄影。这个景象让我想起了电影《红河谷》中，头人家的女儿坐着白牦牛，穿着她那有松石与玛瑙装饰的盛装，静静地骑乘在湖边夕阳里的情景。我也走近了白牦牛，摸了摸它的头，它们可是这高原上的"美女"，通常我们所见的黑牦牛又被称为这高原上的"帅哥"。白牦牛的性情虽然与黑牦牛并没有差异，但是身体内出现了白化变异的特征，所以藏族人一般是不吃白牦牛肉的，只是打扮它们来供旅游者参观和使用。其实，在几次去藏族居住区的经历中，我对于牦牛的性格还是有所了解的。它们是一种很有灵性的动物，我曾在香格里拉看见它们被惹逗时，先不理睬游人，但随着游人的骚扰加剧，会佯装进攻的姿势，当惹逗它们的游人后撤时，它们又立刻恢复自顾自吃草的状态。我很好奇原来黑牦牛的野性在与人类的长期相处中，也可以如此收放自如。

我们欣赏着傍晚的纳木错，坐在湖边看日落，湖水背阳的这一面此刻已经变得深沉而冷峻，夕阳洒在对面的山坡顶上，山坡就变成了瑰丽的橘黄色。山体的纹理在夕阳的斜逆光中，温润无暇，天空中几丝清淡的云，此时也映上橘黄色的姿彩。这个在纳木错湖边的下午，我经历了各种"光"与"望"的交汇，它们是水光、波光、湖光、雪光、霞光，而我跟着风、跟着云在遥望、远望、凝望与仰望着纳木错。一片久违的静谧和安享中，我相信纳木错就是这莽莽雪域清澈、澄净的眼睛，它恒久地看着这片古老而神奇的土地……

之后的行程，我们从纳木错向南出发，打算去看一看西藏秋天里最美的秋景，那是藏南谷地的林芝和雅鲁藏布江岸。我们车行在国道318公路上，越向南，我越发现眼前出现的是一片高原绿野，翡翠河水，这里和藏北草原仿若了两个世界，原来就在西藏这样一片苍茫的大地上，也会有如此一派诗意田园的画卷呢。此时，车行又将翻过米拉山口，这一次我们选择了停车休息，坐在海拔5013米的米拉山口上，看高原秋色，那是真美。这里的山口飘动着经幡，经幡也延绵至米拉山下，在经幡堆儿里我看见了一个藏族小朋友，她很小，小到带着毛线帽子，蹒跚地走路，她一会儿在经幡堆儿里玩耍，一会儿在她祖父的怀里攀爬，单纯的小脸特别惹人喜爱，我随即抓拍到了这组经幡与孩子的照片，还捕捉到了小朋友和祖父说话时的交流神态。在随后的几天里，我不断地回放这几张照片，我想她和家人共同走过的这条318公路，也许就是藏族家庭一条朝圣的生命相继之路，他们由老到小，又从小到老……

翻过了米拉山，我们就来到了林芝，去看一看雅鲁藏布江和南迦巴瓦峰，这一路上，我单曲循环听着一首歌《南迦巴瓦》：

> 每当浩浩的天风掠过
>
> 经幡吹向南迦巴瓦
>
> 你是我梦中最美的香巴拉
>
> 装点了圣洁的大峡谷
>
> 俯瞰这长长的雅鲁藏布
>
> 你为谁绽放七彩的花朵
>
> 每当一缕缕桑烟飘过
>
> 隆达飞扬
>
> 南迦巴瓦是我心驰神往的天堂
>
> 你耸立在世界
>
> 世界的最高处

演唱者用高亢而悠长的嗓音，唱出了雅鲁藏布大峡谷和南迦巴瓦峰，这一对组合神奇与圣洁的故事。也感谢我们自带的好运气，第一次寻访便得见了南迦巴瓦峰的真容，相比在这里小住了半月，为求一见它的各地驴友们来说，我们真是格外幸运了。远看着南迦巴瓦峰，它是一座海拔7282米的三角尖顶型峰体，这座峰体终年积雪，云雾缭绕，所以至今还未有人类成功登顶。虽然它不是世界上最高的山，但是它的神奇正像它的别名"羞女峰"一般，若隐若现又引人好奇。站在山前，我快速地翻查着有关南迦巴瓦峰的资料，想搞清楚未能登顶的具体原因，经了解和讨论，我们发现正是此处小环境中的暴风和大雪保护了它。原来这处南迦巴瓦峰的山中，常年都有不可预测的恶劣天气，所以一年中仅有10天左右会云雾散开，让你一视它的美丽。如果说万物真的有灵，我想这座南迦巴瓦峰真是一位害羞又娇艳的少女。

我们既看过了山峰，也走过了雅鲁藏布大峡谷，从而明白了为什么人们常说"大美西藏，醉美林芝"。在随后的几天里，我们还走访了鲁朗镇和南伊沟，将藏南谷地的风情尽数地收在了心里。也是在这几天的西藏行程中，我读完了《藏地情人》这本书，这是一段木雅藏人与古城女子在玉树结古镇的爱情故事。在真实的情境下，我体会到了书中所写的情爱本是人世间最接近神性的情感，激荡着灵性美，在此也将《藏地情人》推荐给本书的读者。

最后，感谢此行在西藏途中遇到的每一位藏族同胞，感谢他们以敬虔的朝拜洗涤了我们的心灵，也感谢此行途中给予我帮助的每一位朋友，是他们对高反的我的救助与照顾，才让我得以完成行走西藏的心愿。

走进喜马拉雅山南坡

这些年的外出行走仅有一次是在春节期间，那是一年春节，我和好友相约前往了喜马拉雅山南坡的小国尼泊尔。我们从香港启程，飞行6个小时，到达了尼泊尔的首都加德满都。到达时已是深夜，所以从机场到酒店的一路上，我并未看见想象中的灯火通明，相反，加德满都的街道是灯光微弱，街旁小规模的施工让黑夜行车越发缓慢。那晚，我们住进了一间古朴的酒店，藤类植物编制的墙纸，自然风格的房间，垂吊在头顶的电扇，缓解了我们在黑暗中对加德满都的各种猜测，终于找到了安心、放松的假期感受。

第二天清晨醒来，我们在酒店的一楼用餐，早餐非常简单，有土豆、香肠和比萨，服务生是会讲英文的尼泊尔男孩儿，他帮我们倒上了红茶，让一天的开始在温暖中舒展。

早餐后，我们如期出发去参观这座城市。从城市建设方面来看，这里并没有我们想象中首都应有的样子，有的是紧窄的街道、杂乱的铺面。我们要去的第一个人文景观是加德满都的杜巴广场，杜巴广场作为旧时的王宫广场，是尼泊尔鼎盛时期的马拉王朝文化、建筑、艺术的最高体现。同时，它还是世界物质文化遗产。

我们在广场上看到了大小不一顶盖式的塔庙建筑，大型的塔庙建筑下方会有多级的台阶，那里有不少欧洲人拿着书本，安静自然地享受着尼泊尔的慢节奏生活。同时，塔庙建筑一般以红色和黄色的泥土建成，虽然红与黄反差不小，但是泥土的古朴让这样的色彩搭配并不显得突兀。此外，塔庙的台阶上还有一种尼泊尔特有的人文风景，他们是苦行僧。这里的苦行僧，有的高举手臂，有的冲你微笑，有的白色胡子的脸上满是神秘的故事。在众多的苦行僧中，我看到了那张张标志性的脸庞，他们是很多旅行杂志上的封面人物，也是来尼泊尔旅行的人争相合影的对象，只是他们大多衣衫褴褛，又带着神秘的宗教色彩，所以此时杜巴广场上的多数游人因畏惧而不敢靠近他们。

尼泊尔与印度都有印度教的信仰，也热爱食用咖喱烹饪的各种食物。杜巴广场上的印度教佛塔就洋溢着古印度的建筑气息，塔体为六面体的基座，塔身是多龛、多顶造型的建筑式样，我的直观感受就是它们有着与东亚建筑相似的复杂性，但又有着独立而严密的建筑逻辑。杜巴广场上还有不少动物造型的古典建筑，比如最多见的是跪匐着的石象，它们大多出现在石墩上部以作装饰，还有佛塔前古印度风格的石狮子，我思索着这是不是也印证了狮子来自非洲，最早、最远的到达地就是印度，而尼泊尔与印度的历史渊源，是否又说明了此处的狮子造型多出自古印度呢？相比这些沉默的石雕，杜巴广场上的鸽子才是这里的名片，上百只白鸽一起展翅飞翔天空的景象，很能打动来到此处参观的游人，我们在抛撒食物和与鸽群的互动中发现，这里的鸽群虽数量巨大，但还都保持了对游人的谨慎和礼貌。

我们走过了杜巴广场，向著名的塔莱珠活女神庙走去。进入神庙，我就发现了多个黑色佛龛连体镶嵌在红色的砖墙上，据说这是因为活女神庙曾是皇室御用的寺庙，所以有更多的重工装饰。我们站在庙中的四方空地上，抬头便看见了正在二楼的活女神。这位活女神可真漂亮，就像我们在印度电影中看见的那些五官端正的小女孩，只是据说她们有着非同寻常的人生，一般从三四岁起就被选定进入了寺庙，开始接受信众的朝拜，直到青春期第一次初潮后，才能完成活女神的职责，返回原来的家中居住。翻查资料发现尼泊尔对活女神的选拔虽然力求严格，需要具备32个吉祥特征才能被选定成为活女神，但是从她们退位之后、重返人间的多数经历来看，她们再难以被世俗社会接受，往往都面临着人生发展的局限。我看着眼前这位小小的活女神，猜想着她也要经历现在和未来的欲戴其冠，必承其重，所以，也许她既不会像庙外阳光下嬉戏奔跑的孩童，也不可能完全融入百姓的生活，像那些在广场上露天神油沐浴的婴孩一般自在。

初识尼泊尔，无论是在机场看到了荷枪实弹的警察，还是在限定热水使用的五星级酒店，以及杜巴广场的苦行僧、活女神，这些都让我们感到了一丝丝的不安，包括加德满都的首都生活，跟我们今天的高楼大厦、科技现代化很不相似。然而，这些起初的不安在我们后来的行程中慢慢地消散了，甚至逐渐走向了反面，我们终于在尼泊尔体会到了人文的力量，这是一个神奇的翻转，要从尼泊尔第二大城市博卡拉的行走说起。

博卡拉，是一座喜马拉雅山南坡之下、博卡拉河谷之上的城市，有山有水的它因风景秀丽而闻名。我们在佩瓦湖上乘舟，一位16岁的尼泊尔少年为我们划桨，在与他的攀谈中，我们得知他还有9个兄弟姐妹，对于这份工作收入能给予家庭的补贴，他内心很满足。然而，根据我们的了解，实际上他的工作餐简单，收入并不高，但是他没有我们常见的焦虑。也许正是因为内心容易满足，所以整个泛舟的过程中，都是我们问，他就答，如果没有对话，他也不会拘束，安心地划着他的桨，好像这湖和桨以及我们都是他必然所经历的事一样淡然。在这样一种难得的没有他商我客的氛围中，我们自由地呼吸着不深谙社会成熟、自带祥和的空气。

在博卡拉行程的当天傍晚，我们来到了山底酒店，为的是第二天登上鱼尾峰观日出。在凌晨黑暗的眼盲中，我们顺着人流来到了最佳观日出的山体平台上，抬头向上看还是满天的星星在闪耀，太阳要一会儿才会跃跃欲试地出来。接下来的十多分钟里，我们随着太阳一点点地上跳，看到了一道金黄色的下弦月，接着太阳像一个橘黄色圆盘慢慢地升起在鱼尾峰的峰顶。其实，整个日出过程中，最激动人心的是太阳完整出现的那一刻，黑魆魆的喜马拉雅山在那一刻顿时金光闪闪，既像佛陀现世一样让人满怀期待，又令我们这些观者有众望所归的感受……

此行尼泊尔是为喜马拉雅山而来，所以在加德满都时，我们选择了搭乘观光飞机一睹珠穆朗玛峰的风采。这位喜马拉雅山的"第三神女"，不论是登山还是观赏，尼泊尔境内的喜马拉雅山南坡都是更方便的选择。当飞机飞上了8000米的高空，在我们的视野中，只有蓝色的天空和白雪皑皑的雪山群峰，这位"第三神女"——珠穆朗玛就高耸在群峰之中。观光飞机此时正直直地向着珠穆朗玛峰飞去，直飞到了尼泊尔国境线的尽头，这已经离珠穆朗玛峰特别近的距离了。此刻的我近看着珠穆朗玛峰，发现它是一个近似等边三角形的尖顶型峰体，在它旁边还伫立着马卡鲁峰、洛子峰和卓奥友峰。虽然，从我们的肉眼观察来说，珠穆朗玛峰只比身边这三座雪峰微微高出了一点点，但是如果一点点从刻度上量化，则有近400米的差异，所以它虽是"第三神女"，却是世界的第一高点。当我看到珠穆朗玛峰的那一刻时，感到特别震撼的是，它绝世、独立地屹立在天地之间，拥有几千万年俯瞰世界的淡定自若，我们用高倍望远镜放大来观察着它，山体上的褶皱与白雪覆盖的厚薄都一一可见。当我持续看向珠穆朗玛峰时，我能体会它是有气韵的，而且是有生命的，它端庄而正气的感受，令我至今还记忆犹新！

结束了北部两个重要行程之后，我们驱车向尼泊尔山区进发，傍晚就到达了悬崖酒店。我们看着红土断层的悬崖，开始计划第二天的山区徒步。尼泊尔这个国家，属于典型的季风性气候，我们到来的时间正是它的旱季，旱季里没有雨水的滋润，山区的土豆就像我们日常吃到的西红柿一般大小，而山区的西红柿又像我们日常食用的圣女果一般大小。尼泊尔人的日常餐食料理，既传统又单一，基本由红、黄咖喱作为佐料包办了一切食材，所以在尼泊尔的行程中，我们的每一餐都会有土豆和西红柿，同时土豆佐以咖喱，西红柿是配菜的点缀。在城市中，我们的餐饮选择稍微多一些，还可以是西餐或汉堡，但是来到了山区，我们看着酒店午餐的出品，都在臆想回到深圳后，一定要用丰盛的海鲜火锅来补偿。

午餐后，我们走进了尼泊尔山区，发现这里的妇女有着独特的携带物品的方式，她们将筐子以一根带子系住，然后用前额将带子顶起，筐子就背在了身后。这种方式在我们国家的山区也不少见，所以我央求尝试，打算就此参与到她们的生活日常中去。然而，这绝对是个技术活，即使你有力气，也要掌握脖子与脑袋和肩膀三者之间的协作力道，不然你额前的带子会滑落，筐子会摔在了地上。之后，我们边走边看，发现在山区中取水的方式也挺有趣，妇女们会头顶陶土罐，她们往往在清晨或炊前来到村子的井边取水，取水后，她们会手扶或不扶头顶的水罐，但一手叉腰来保持身体的轴心稳定，如此向前，走回家中。在我看来，这些和杂技差不多的日常生活技巧，对于尼泊尔山区的人们来说早已是平常事，由于担心摔坏她们的土罐，我便没有央求再参与。

山区是尼泊尔更清新、自由的空间，我们跟着当地向导沿着山坡向山顶走去，一群孩子围住了我们，同去的朋友准备好了糖果，我们就一起分发，孩子们也高兴地跟着我们，一路走到了山顶。跟着向导，我们转下了山，走进了一户山区人家做客，这户人家有一个小小的院子，房子在院子后面临着山道。

由于尼泊尔人的身材都普遍不高，所以这户人家的房子有个低矮的木门，屋内没有什么陈设，只是简单的床褥。此时，家中有一位年长的妇人，一位年轻的妇人，年轻的妇人抱着孩子，孩子很小，小到我们给他糖果，他还不知道怎么吃。接下来当向导说明了来意，年长的妇人便露出了笑容，请我们在院子里坐下，让年轻的妇人为我们去摘葡萄。我们接过绿色籽粒的葡萄，虽然它已熟透，但依然酸涩，我们以微笑表达着感谢，这是全世界通行最好的语言。过了半个小时之后，我们便在互动中不再拘束，通过向导询问她们的关系、孩子的年龄、日常的收入，她们也走过来想摸摸我的脸，告诉向导说我很白，还问了些她们关心的问题。此时的我有点意外，也亲切地摸了摸她们的脸，我觉得山区的尼泊尔人更可爱，她们没有宣誓任何主权，也不会刻意地满脸堆笑，你是客人不必拘束，时光会让你们变得没有距离，自然又开心地笑在一起……

　　几天在尼泊尔的时光里，我们从不熟悉的环境和内心不安，到很留恋它，是一个神奇的逆转。虽然我们买到的旅游纪念品，多是以纸贴制成的首饰盒、古朴的太阳帽或者麻纸的笔记本，相比我们这些都市动物，不富有的生活并没有带给那里的人们精神匮乏和自卑，他们因更简单而幸福。结束行程之前，向导邀请我们每人说一句此行的感受，当我还在脑中思考时，身边的好朋说她最大的感受是：几天下来，发现钱不是最重要的，因为这里的人没钱也可以很安宁、很快乐，就算回到深圳，她也要记得这份感受，以后都要记得！

　　是的，尼泊尔这趟小小的山国之旅是洗涤精神之旅，它的美妙就在于在我们的生命中获得了一次难能可贵的升华。

　　我喜欢那个喜马拉雅山南坡的小国。

第 五 章

记忆黄土地

银川西夏故国文化走访

　　"天下黄河富宁夏"，从小就听说这句话。虽然同在西北，但是我对这个面积不大的省份没有太多关注，直到有一年在深圳大剧院观看了有关宁夏的演出。演出中，我被伊斯兰教苏菲派的旋转舞震撼到了，虽不能读懂全部的舞蹈语汇，但极为特别的白色服饰旋转却给我留下了很深的印象。演出中的后续篇章，也展现了宁夏黄土地的文化色彩，是窑洞、红棉袄、梳着大辫子在树下绣荷包的大姑娘……宁夏的美，一再触发了我想去看看这个小而美的地方。

　　同年，我还观看了纪录片《神秘的西夏》，作为纪录片的爱好者，当看到在宁夏历史上宋、辽、西夏、蒙古之间的关联与变迁，我对曾经的西夏文字和文明都颇为好奇。虽然蒙古在灭除西夏后的文化清洗，直接导致了西夏现存史料的不完整，但是从学者的推测和不断的文化闪现上，又都更加引发了我探寻它的好奇心。纪录片播出后第二年的11月份，我在北京培训，周末大家在北京各处游览，因为之前我便来过，所以计划结合周末高效地行走银川，去寻找西夏故国的文化踪迹。

11月的银川并不像北京已入深冬，除早晚温差较大外，正午的阳光依然将大地环抱在温暖之中。这是一座黄河边上的城市，西依贺兰山，与内蒙古阿拉善左旗为邻，北接内蒙古鄂尔多斯市的鄂托克前旗。刚到银川市，我便迫不及待地展开了行程，先去登一登明长城的灵武段。我爬上了长城脚下的沙坡，登上了城墙，坐在城墙上北望鄂尔多斯地堑，脚下的长城即是游牧与农耕生活的地理分界线，也是中国北方降水的分隔线。城墙上，树立了一处历史界碑，由一左一右两块石头合并而立，左边的一块向北写着"鞑靼部落"，右边的一块向南则写着"夏镇"，这块石碑历经了千年岁月，表面早已被来访的人们抚摸到光滑，此时它伫立在阳光下泛着乌黑的光泽。

看着眼前的人文风景，让我期待能够更准确地认识银川的自然条件，经过翻查资料，我发现银川的地理位置并不像我想得那么简单，它地处中国东、西两大构造带的枢纽位置，同属于贺兰山台陷和银川地堑，所以这里也是地质活动的频发区。同时，银川城市的地形自西向东分别是贺兰山地、洪积扇平原、洪积冲积平原、冲积湖平原、河谷平原以及河漫滩地，所以银川的一个"川"字是有象形意义的。这样的地形也就意味着银川的城市环境是从荒漠、戈壁到塞上江南，如此复杂在全国都算少数。我走在银川的城市街道上，感受着这座城市朴素简洁的多层楼房、古老又有条理的街道巷子、路边道牙上还有着过去时代的气息，挺立在城市中的国槐与沙枣树在晴空下宁静、宜人。

这一行，我既是来参观西夏故国的文化之旅，也是走访史前文化的学习行程，于是将行程的第二站放在了水洞沟人类文化遗址。据说，这处遗址弥补了中国对旧石器时期人类生活的发现，也是中国现有最早的旧石器古人类文化遗址。一进入博物馆，我就被一组巨大的古人类群体雕像震撼到了，有别于我们通常对古人类身材矮小、面部前凸的印象，这组雕像中的古人类高大、威武，部落首领手持长矛，握紧拳头带领部落向前冲锋，部落成员在首领身边半蹲着指向前方瞭望，首领身后草丛中身背婴孩的女性部族成员，在策应着部落的冲锋。眼前的这组雕像，让我联想到这可能是征战或狩猎的场景，从人物表情的刻画来看，也表现了古人类面对生存挑战的坚毅。在几百万年浩瀚的人类进化中，我想这样战斗的场景可能一刻未曾停止过，无论是物竞天择的自然选择，还是不断迁徙以求生存的遗传漂变，无不在挣扎与嘶吼，所以从这个角度来看，战斗应该是人类基因中最深层次的沉淀了。

在博物馆中，新、旧石器时期的文教资料和化石、出土文物也很丰富，它们正是水洞沟被誉为"旧石器时期考古发现的文艺复兴"的原因。走出博物馆，我来到室外水洞沟1号发掘点的现场，这是一个竖向凹槽状的遗迹，据说，仅此一处就发掘出了2000多件古人类的石制品。在眼前1号发掘点的周边山体中，还找到了大量旧石器时期古人类生活的遗迹。看着这一夯黄土，似乎能联想到古人类在这里开穴、挖洞、采集、生火的各种生活场景。顺着1号发掘点，我走过水洞沟遗址的芦花谷，眼前的芦花谷是湖泊、木桥、沙枣的优美景象，不知道在几百万年前，这里又会是怎样的气候和生态条件。

带着时光在一天之内快速穿梭于几万年的感受，我从水洞沟遗址出发，向距今一万年前的新石器绘画遗址——贺兰山岩画进发。我最早了解的贺兰山，是岳飞的那首《满江红》，那一句"驾长车，踏破贺兰山缺。壮志饥餐胡虏肉，笑谈渴饮匈奴血"诗中所写的正是眼前的这座贺兰山，曾是匈奴、鲜卑、突厥、回鹘、党项等民族的生息之地。而贺兰山岩画就是这些民族的先祖，以凿刻方式留下的驻牧游猎、生产生活的历史记忆。我仔细观察现存的山体岩画，发现了不少时代的层次印记，它们是最早期用以表现对自然崇拜的太阳神图案，这是新石器时期古人类的图腾。整个岩壁上凿刻的动物图案，既有奔跑的鹿、双角突出的羊、飞驰的马，也有天上的飞鸟，这些都是进入农耕社会后古代人为家畜去灾、去病的祈祷。同时山体上还有西夏时期，党项人凿刻的灵魂向上的天梯，以及用西夏文字刻写的各种诗句，这些都体现了生活在贺兰山区不同时期、不同民族的生活状况和精神信仰。

我站在无声而悠远的岩石史诗前，想着一万多年真的很长啊，长到了万物腐朽，唯有眼前的贺兰山变质岩山体不坏，这也是历史的机遇吧，多幸运才保留下这样一片年代悠久的人类遗迹。虽然有些岩画早已辨识不清，但是岩石的确是世界上最坚固的画布。我抬头举目向山，发现自己已置身巍巍的贺兰山中，它山势雄浑，草木青青，沙枣遍地，不愧是党项人心中的神山。此时，我也摘下一把路边的沙枣，就想尝尝它可能一万年都不曾变化的酸味，这也算是和古人饮食同源了。

这一天中看过了两处遗址，一改我对宁夏的认知，再饱览过贺兰山阙的无限风光，心中感慨此行不虚。接下来我回到了银川市区，品尝了当地的面食，开始准备第二天谒西夏王陵的行装，要去揭开此行最不容错过的一段神秘与过往。

第二天清早，太阳已高照银川，我从酒店出发向西车行，到达了贺兰山下的西夏王陵景区。刚一走进陵区，我就清晰地意识到了这不是一座陵寝，而是贺兰山下一片王族陵寝的聚集地。据资料显示，这里共有9座帝王陵寝，200多处陪葬陵寝。就在进入陵区的入口处，我看见了第一个西夏文化的符号，它是华表式石柱顶端的一尊迦陵频伽的造型。"迦陵频伽"是梵语，在梵语中是神鸟的意思，它是一种佛头、鸟身、佛手合十的飞鸟造型，相传迦陵频伽出自于雪山，在蛋壳中便能鸣叫，由于它的声音和雅、百听不厌，所以就成为古印度飞翔九天的妙音鸟。同时，这种妙音鸟的造型在汉传佛教及藏传佛教中都极其罕见，所以也不为我们所熟知，我也仅是见过两次，除了眼前的西夏王陵外，另一处就是在云南芒市的大金塔寺院中了。当我回过神来，再看柱体上刻着的西夏文字，它们形体方整，笔画繁多，结构和偏旁均仿效了汉字，但我又不能说我认识这些字，字形奇特的组合很复杂，已完全不解其意了。

之后，我还看见了第二个西夏文化的符号，那是陵区广场上的龙子鸱吻的雕像。其实鸱吻原是中国古代神话中的一种神兽，它就是"龙生九子，各有不同"中的那个第九子。鸱吻造型奇特，它上部为龙鳞尾巴，下部则是龙头、龙口。同时，龙头与龙尾上下两个部分结合紧密，全无龙身体的部分，这种感觉好像是由龙的头尾切合而成的造型。翻查资料后发现，在旧时的中国建筑中，鸱吻常被作为房屋的屋脊和正脊两端的一种装饰物出现，它在建筑中的运用也正是取了它护家、辟邪的寓意。从王陵广场上看到的迦陵频伽，再到鸱吻，可以想到当时的西夏王国对佛教和中原文化都做了吸收和改良，并融入了自身含义的加持。

走过广场，我逐步经过陵区的月城、内城和献殿，走上了通往陵塔的甬道。值得一提的是，"西夏"这个名字为宋朝对西夏政权的称呼，而在党项人自己的历史记载中，从未出现过这个国号。之所以中原史称它为"西夏"，是由于党项人曾在唐朝时期助唐平乱有功，所以被唐皇册封为唐朝夏州节度使。但在唐朝之后，夏州被宋朝吞并，而后夏州又在宋朝时期自立而出，于是中原历史便称它为"西夏"政权。然而，党项人对这个政权自称是"大白高国"，所以我在各种文献资料中，也发现了中原对西夏还有个别称，叫"白高大夏国"。

我一边查考着有关西夏的历史，一边走在通往陵塔的甬道上，这条甬道很长，而现在修筑完成的这条甬道是通往三号陵"泰陵"的。这座泰陵正是西夏开国君主元昊的陵墓，同时，它也是在这片贺兰山下占地50平方公里的西夏王陵中，规模最大、地面遗址最完整的一座陵寝。如果说整个西夏王陵相当于明十三陵的概念，那么这座泰陵的规模与明长陵类同。这一路的甬道上我边走着，边了解历史上的元昊其人，原来这位西夏景宗是今陕西米脂人士，自称北魏皇室拓跋氏的后人，于公元1038年在宁夏正式建国，建都于银川。作为一代开国君主，元昊攻伐有道，曾攻取了北宋的瓜州、敦煌、酒泉地区。虽早期借助辽国势力以求发展，但是在公元1044年与辽国河曲一战中大败了辽军，而后便形成了与宋、辽三分天下的格局。历史上对这位元昊君主的评价也颇为肯定，称他"性雄毅、多大略"，足以见他的功勋了。此外，元昊还主持创造了西夏文字，是一位有文化贡献的君主。西夏王国共延绵了190年，传位十帝，最终被蒙古汗国所灭……

我终于通过了甬道，走到了泰陵墓前，发现它是一座土夯式塔形外观、多层圆楞的全封闭式建筑，远看与近看，它都像一座大型土堆。目前泰陵开放参观的部分仅是外部，所以我绕着陵墓走了一圈，并未找到它的入口，随即我站在陵墓正前的封土堆上，眺望其他陵寝的构造情况。之后通过陵园讲解得知我脚下封土堆的下方就是陵寝的墓道，这让我很惊讶，因为一般来说，中原地区为规避盗墓是极重视隐藏墓道及其走向的，但是西夏王族似乎一点也不担心，除了墓道入口直接设置在献殿内，还在献殿到陵墓中间拱起了一条高出地面的鱼脊梁封土，明显地标示出墓道的方位。虽然，西夏与中原在王陵设计理念上迥异，但在陵寝周围分布了多个陪葬陵的这一点上，又极为相似。同时，西夏王陵的外观虽是黄土材质，却千年不曾长草，追其原因是党项人用熏蒸的方法先处理了黄土，这与秦始皇陵焙熟陵墓用土以防长草的做法，又有着异曲同工之处。

参观了泰陵后，我走进了西夏王陵考古发掘文物的展厅。其中，我看见了很多异于中原陵墓的陪葬品，首先就是大量的各类迦陵频伽造型的随葬品，据说在元昊的泰陵中，最主要的考古发现也是一尊艺术价值很高的迦陵频伽雕像。这些文物说明了在当时西夏的政治、经济及文化领域中，佛教文化的兴盛及影响力。当然，我也在猜想这是否也折射了西夏政权"法音宣流"的统治目的。同时，以迦陵频伽在出土文物中所占的数量和比例来推断，这种半人、半鸟首的迦陵频伽很可能就是神秘西夏的文化珍宝，类似于长安出土文物中的唐三彩。其实，唐三彩为人所不知的是它也是高级陪葬品，在陕西出土的"三彩镇墓兽"就有着守护亡魂、驱除邪魔的寓意……

两天的银川之行，令我的内心感到丰满与富足。此行所探秘的人类历史和西夏文化，都为我展现了一个雄浑而曼妙、地小而物博、九曲黄河与万里沙地共同抚育下的西夏故国。这是一次很深刻的文化观察，我带着更多的思考和期待进一步揭秘西夏文化的好奇，踏上了返程。

汉中是"西北江南"

　　列车意外地经过汉中，那是两年前我从重庆北上出差的途中，当时我只是拿到了公司订票，想想一路北上的高铁途中也许是有景致可以看看，并没有详细去了解列车经停路线。所以途经汉中是个意外的惊喜，却让我打开了回忆的闸门。

　　汉中是西北地区的一个神奇所在，早在三国时期，就已闻名。在更早的旧石器时期已有人类活动，春秋战国时更是秦国与蜀国的必争之地，它还是西汉刘邦早期的封王之地。汉中的地理位置、历史文化、人文风情在西北地区也是独树一帜的，是西北的江南，也是我儿时跟随父母工作而生活过的地方。

　　此时的汉中，深秋下午3点的太阳落在青黄相间的草坡上，草坡的顶上有一处人字形屋瓦的小房子，很难说这是用来住人还是储藏农作物的。房子下面有一条乡间小路，我能想起它在夏天里野径埋香的样子。列车飞快地向前奔驰，汉中站到了，我走上站台，这是多少年后的相遇啊！这里已经不是我儿时那个简小的车站，而是现代化的高铁车站。然而，没变的是清冽的风吹向我的脸庞，是的，就是这种味道和湿度，它是属于汉中特有的风情。

8分钟短暂的停车后，我回到车厢，又坐在列车靠窗的位置上，列车快速地经过了城固、洋县这些我熟悉的地名，看着汉江、湑水河，那些儿时夏天常去抓鱼、游泳的乐园，我心里涌动着久违了的馨香和怀念。

汉中给了我童年最美好的记忆，它是个美丽的地方。现在的汉中因油菜花而成为网红打卡地，其实在我记忆中，那更是一片祥和、自然的春花烂漫和充满童真乐趣的地方。那时，每到3月，汉中漫山遍野的油菜花争相开放，蜜蜂嗡嗡地采蜜忙，我们站在希望的田野上，看着农人劳作，看着一片片地里的金黄。汉中的土地肥沃，那里风调雨顺、四季瓜果飘香。冬天里我们看着田里的小麦和烟叶，春天有开花又爬藤的丝瓜和豆角，夏天里有西瓜、桃子和稻米。每当我穿行在7月稻田间，就能闻到稻花香，那是一种隐幽而特别的香气，就像汉中春天田野里的麦浪，都让我永生难忘。

我曾以为陶渊明的世外桃源无非就是汉中这个样子了，

一望无际的蓝天，在夏天里翻卷着大白云朵，农人小院的门口种着大丽花、凤仙花。这些花虽不名贵但在我们儿时却乐趣非凡。我们将大丽花深红色的花瓣采下来，捣碎了做成口红；还有凤仙花，这凤仙花在汉中又叫指甲花，我们把它的花儿采下，捣碎后加上白矾，敷在女孩儿的指甲上，就是最好的DIY美妆。我们住的山区，远处的子房山相传是因汉代名人张良在那儿羽化升仙而得其名。每当下过雨的清晨，我们会站在学校二层的走廊上，看着子房山上仙云缭绕，山谷中飘着白云。

生活在汉中，我拥有物产丰富的童年。汉中的大米销往成都平原，虽然汉中与成都都是盆地，但是汉中的大米好，酿出的酒也香，究其原因是因为汉中的水好，汉中地区的城固特曲、洋县特曲、谢村黄酒都是我儿时汉中人餐桌上的佐餐佳酿。同时，特曲白酒的度数一般很高，打开瓶塞的那一刻往往就香气扑鼻。谢村的黄酒采用当地土法酿制，我记忆中最美好的画面是在土路边小房子的草盖下，卷着裤腿用粗瓷碗喝着黄酒的谢村老伯们。此外汉中的气候、水土，也滋养了各种果蔬，其中蔬菜那是闻名西北，我从小便见怪不怪，每到秋冬"新"字头、"青"字头车牌的大卡车，就远从新疆和青海来汉中拉蔬菜。其实，汉中的物产还有西乡的樱桃、南郑的午子仙毫、黄官的腊肉、洋县的黑米、秦巴山区的附子、城固的柑橘、留坝的木耳、宁强的天麻……自古以来汉中就是"物产丰富、富敌天府"之地，所产的宝物还常常被奉为朝堂贡品。

美丽、富饶的汉中也是耕读文化、诗书传家的文化古城。年少时，我曾在古汉台上看到了《汉中志》，那是一本记录汉中当地历史、文化、物产和诸多名人的典籍。书中揭秘了汉中的物产丰富皆仰赖一条几乎流经了汉中全域的大江，古时它被称为"沔水"，今天它叫"汉江"，它就是成就了"西北江南"的灵魂所在。汉江，是长江的上游，也是长江最大的支流，早在20年前北京人喝上的正是南水北调的汉江清水。在我的儿时，那是还没有瓶装矿泉水这种商品的时代，外出备水，我们就把水烧开放凉后再装入壶中，每当外出口渴时，打开壶塞，咕咚咚的几口清冽甜水就滋润了我的心肺。

这条流着甜水的汉江，它的干流自西向东流经了汉中的宁强、勉县、南郑、汉台、城固、洋县、西乡县内，几乎贯穿了整个汉中盆地，更组成了丰富的水系网络，世代滋养了那片西北的土地。同时汉中神奇的水系又涵养着丰富的动植物资源，所以，汉中自古就是"生物基因库"和"天然药库"。那里的珍稀古树众多，国家一级保护树种就有7种，二级保护树种达20多种。此外，茂密的山林又是珍稀动物的家，大熊猫、金丝猴、羚羊、朱鹮都是汉中地道的长居住客。儿时，我们在溪边的林子里玩耍，就常见到白色羽毛下通体朱红的大鸟飞来，那就是成年的朱鹮，它在林中做了窝。相比以上神奇的动植物资源，汉中的药材也颇有特色，那里是杜仲、附子、天麻、山茱萸等药材量大、品优的产地。儿时，我是极少服用西药的，一到发烧、肚痛，父母就带我去乡间老中医那儿开几副草药服用。汉中的草药既便宜又易得，与现在同仁堂里摆放着的各种名贵中药虽然不相同，但是它们吸收了当地的土质精华，又结合了当地水质调配，虽然药劲小但很接地气，往往一两剂服下，就能药到病除了。

那是多神奇又悠远的回忆了……记忆中的汉中，不仅水甜，山也美，这"西北江南"还得益于山体的保护，山体环抱着的汉中盆地，位于秦岭与巴山的两山相夹之处，过秦岭就到了关中，穿巴山则走到了四川，这两座大山还赋予汉中独特的矿产资源和旅游风情呢。其中，略阳、勉县、宁强的地质金三角曾被李四光先生誉为了"中国的乌拉尔"，汉中的大理石、石膏、石棉的储量更是位居全国前列。儿时，我路过留坝、城固、南郑的山边，总会看到采石的痕迹，乡间小路上也常见随意摆放的大理石石材。与此同时，自然环境与古往今来的历史人文又交织出了汉中的许多旅游资源，它拥有1个世界人与生物圈保护区、8个特色旅游名镇、近20处的国家保护文物。

这些保护文物和古迹，都是历史眷顾这片土地而留下的烟尘和往事。其中，洋县曾为汉代蔡伦的封地，城固则是出使西域第一人张骞的故里，汉中还是典故"烽火戏诸侯，为求倾国一笑"中女主人公褒姒的家乡。这位历史上的褒姒，正是汉水褒国姒姓的浣纱女，她虽不位列中国历史四大美人，却是汉水"女女家"的美貌代表，她的美如《东周列国志》中的描写那样："目秀眉清，唇红齿白，发挽乌云，指排削玉，有如花如月之容，倾国倾城之貌。"纵观古往今来正史中对女子样貌的描写，这一段也算最高评价了。褒姒的美，正是汉中的山，与水，与灵秀才能赋予的。

拥有多处文物和古迹的汉中，还因地处秦蜀相交之地，历史上曾经历了"今天秦国、明天蜀国"的长期战争时期，前面所提到的子房山就是古时的战场，儿时我们去山中游玩，还能捡到铁蒺藜。之后的历史是秦国以汉中为跳板灭掉了蜀国，消除了中原称霸的后顾之忧。时光再值秦朝末年，西汉的开国皇帝刘邦也是发家于富饶的汉中。那一时期，刘邦在汉中留下的遗迹真不少，它们是拜韩信为将的拜将台、为向项羽表达偏安一隅而烧毁的褒斜栈道，以及留坝县内纪念一代良相的张良庙……历史就是这样钟情汉中，虽时光荏苒已到东汉末年，刘备又在汉中称了王，拉开了三国的序幕。同时，曹操也曾兵行汉中，时见褒河水浪滔滔，即兴挥笔题写"衮雪"二字石刻至今仍伫立在褒河水库之上。当然，除了曹操的到访外，汉中人最以为傲的军事家、政治家诸葛亮的真墓，就在汉中勉县的定军山下……记忆中的这些历史人物与故事，在我少年时已是耳熟能详了。

然而，之后的汉中历史就像个迷，由于它实乃兵家必争之地，所以它在之后的各朝代省界划分上，几经变迁。如果说汉中是蜀地，那是因为陕西唯有汉中方言偏向了四川口音，同时汉中人虽与陕西人一样嗜辣，却增加了川味，我儿时爱吃的麻辣鸡、凉拌菜、面皮等地道小吃中，是必要麻油来调和才有汉中风味的。若再说到汉中是秦地，那是因为南宋后，元朝为防止巴蜀造反，将汉中略阳以西的地区划入了陕西行省，以此分割巴蜀之地，形成犬牙交错，以利于打开巴蜀面向北方治理的门户。明清时期，汉中的略阳地区又被划入了陕西省内并延续至今，就是这样的历史变迁才形成了今日汉中"似川不是川"的现象。

……

其实，有关汉中的美好记忆还有很多，是秦岭、巴山、汉水的交汇，成就了汉中自古"兵家必争之地"的战略要位，是它们的融合，孕育了汉中神奇秀美、人杰地灵的江南风韵，也正是这种风韵令我走遍了世界，都对它的花草山水永不相忘。

感谢重庆向北的一路车行，风一程、雨一程，山一路、水一路，原来我只是为了与它相见。祝福今日的汉中，愿你飞速发展，也文化自信！

陕北大地的行歌

黄河边 延水岸 黄土筑高原

窑洞前 石磨碾 仿佛回到昨天 风清清天蓝蓝

我要去延安 先登宝塔山 再看南泥湾

我要去延安 先听安塞鼓 再看山丹丹

······

我要去延安 先去杨家岭 再看青枣园

我要去延安 先喝羊杂汤 再吃黄米饭

我要去延安 先去忆苦思甜 再看山花烂漫

我要去延安 看时间荏苒 看万山红遍

我要 我要 去延安

这是一首献礼中国共产党建党90周年的新时代红歌，歌者沙哑的嗓音中透着陕北的苍凉，每次听总能唤起少年时我们参加毛主席诞辰纪念活动的那些记忆。

延安，对于中国人来说，无人不知、无人不晓，它是中华民族人文始祖轩辕黄帝曾生活过的地方，如果说陕西是民族之根，那么延安就是民族之魂，延安黄陵县的黄帝陵则是中华文明的精神标识。除此之外，延安还是我小时候听听外祖父讲故事中，那些抗战岁月的日日夜夜……然而后来，由于延安地属边区，经济发展相对落后，延安在外域人眼中，是一片荒凉的贫瘠土地。带着对始祖的朝拜，外祖父的故事，我想去看看这个有着辉煌的前天、光荣的昨天，今天需要快马加鞭的延安，我也想去看看青枣园，观观宝塔山，听听延河水，再吃吃小米饭。

有一年的夏天，我回家探望父母，随后我们从西安一路北上出发去延安，一起去看看潼关壶口瀑布，吃吃洛川最红的苹果，再去黄帝陵寻访姓氏的起源。那一路上，令人可赞之处很多，当我们站在壶口瀑布时，眼望涛涛巨浪的黄河水，听着它哗啦啦地向东流，我明白了为什么在黄河岸边舞起安塞腰鼓才会有十分壮阔的历史感；在黄帝陵，我们看着5000岁的参天古柏，感谢老祖宗给中华民族留下了这样古老、神奇的见证……之后我们继续一路向北，越往北上越难走，当车行进入了延安市区，我发现虽然同是三秦大地，延安却有着完全不同的风貌。

　　第一个不同感受是来自听觉的，陕北话比关中话在语调上硬了许多，同时注重鼻腔音，在语调的变化上，和青海、甘肃这些更远地方的西北官话有一定相似，只是那浓重的鼻音的确为陕北独有。第二个不同感受是来自皮肤状态的，这是由于延安和关中两地的干燥程度不同，虽然都属同一省但是地势有别，延安属于黄土高原，它的干旱性大陆季风气候，相比关中盆地的暖温带半湿润季风气候明显要干旱少雨，所以延安的扬沙天气也会比西安多。

　　第三个不同之处需要仔细辨别，作为陕西人的我是可以分辨出来的，它是什么呢？是由于三秦大地，从北到南为黄土高原、关中盆地、陕南山区和汉中盆地，所以从北到南也形成了不同的区域人物性格。延安地处的陕北，性格中虽与关中人一样坚韧、倔强，但不同的是这里的生存条件更为艰苦，所以他们更豪爽、敢抗争，正如那句"陕北自古出英勇"，历史上古有李自成，近有刘志丹、谢子长。与此同时，流行于这片大地上的信天游就是粗犷、奔放和真性情的山曲。

　　此外，由于地势和环境不同，历史上的陕北人更接近游牧民族的生活区，自古以来这一带便是猃狁、犬戎、白狄、党项等民族的繁衍、生息之地。同时，在民族融合的过程中，陕北人看上去比关中人更高大魁梧，他们鼻梁高挺、眼窝深邃，所以才有了民谣"米脂的婆姨，绥德的汉，清涧的石板，瓦窑堡的炭"，其中前两句都是用来称赞陕北人样貌的。陕北的漂亮婆姨，如貂蝉，如"十三个省都说好看"的蓝花花，她们有毛格闪闪的眼睛，粉格丹丹的脸，一部分游牧民族的血统让她们美得不同凡响。另外在饮食习惯上，陕北人也多以熬食为主，在食材选用上，羊肉、炒面、奶酪也都与游牧民族的生活习惯相近。

我们在延安市内的几天行程中，感受着这个不算发达的城市却饱含了亲切感。行程第一站是直奔宝塔山，它是延安的象征，我清晰地记得儿时2元钱纸钞的背面，就是这座宝塔山的图案。站在宝塔山前，我们发现它的山体高度并不高，山上的树也不葱郁，即使在夏天里，树的绿色也仅是浅浅的一层，但是山上矗立着一座唐代时期的宝塔，它是延安海拔的制高点。古往今来，千年的它就这样俯瞰着延河水日夜流淌，也在那些革命岁月中，屹立在延安人民的心头。

接下来，我们去了枣园，参观了毛主席等中央领导人的旧居，也找到了儿时课文中毛主席为纪念张思德同志讲话的那方讲台，我还能记起课文中"张思德同志为人民利益而死的，他的死是比泰山还要重的"的句子。延安就是这样的一个地方，随处走走都能让记忆鲜活。其实，枣园还是继续全党整风运动，大生产运动的指挥中心，也是在枣园窑洞的明灯下，毛主席做出一系列伟大决策，肯定三五九旅开垦南泥湾的光荣事迹，同时事迹又鼓舞了陕北军民与敌人包围封锁斗争到底的革命士气。我们走在枣园的房前屋后，不时寻找着那段历史时期的踪迹，父母更是如数家珍地对照回想，枣园虽小，但我们却在此激情荡漾。此情此景，我看见夏天里树上刚结的青枣，听说等到了秋天，这枣园里的枣依然是红亮亮的……

走出了枣园，我们来到了市中心的广场休闲，一抬头，我仰望着陕北的天，这是干旱气候下的晴空，没有工业污染，没有雾霾喧嚣。此时，广场上有一群正在排练建军节舞蹈演出的陕北阿姨，录音机放着延安时期的革命歌曲，高亢而清丽，她们一手高举绸布彩扇，一手转动着平绒手帕。在抗战胜利的大半个世纪后，我在延安，在这经典的陕北秧歌中，依然看见了革命的坚强斗志和战争胜利的鼓舞人心。沉思中，我又想起了外祖父讲的那些故事，那些延安反"围剿"战斗的故事，那些战士们在枪林弹雨中前赴后继的故事。我的外祖父是参加过抗日战争、解放战争、抗美援朝战争的，因战斗负伤，他的晚年必须依靠轮椅出行，所以那些故事，通常是我趴在他床边听到的。那时候，我也会问外祖父怎样评价战争，他总会告诉我，看着那些牺牲的同志们，有的小战士真的还很小就牺牲了，想起他们就心里难过，经历过战争活着就是幸福。是啊，战争在我的印象中，既真实又模糊，所以在延安的几天行程中，我们还专程去看了一场真枪实弹的战争演出。

这场演出在室外进行，布景真实，有机枪、大炮、山包和土房子。演出开始前，我借景向父母提起自己在射击俱乐部的成绩，父母也曾是民兵连的神枪手，我记得那时他们打靶归来的奖品就是印着毛主席语录的茶缸。这场演出讲述的是革命者为搭救被拉壮丁、惨遭压迫的村民，在小村外与敌人展开激烈战斗的故事，但非同寻常的是用真枪实弹的演出。在第一声振聋发聩的炮响后，全场观众哑然，静得连呼吸都听不见，接下来的演出中机枪扫射，每颗子弹都带着火闪飞出弹膛，密集地飞向场地的另一端。就是这些实弹飞射的速度，让我真正理解了战争的残酷，那绝不是所谓小说描写能表达出来的，也不是影视剧中为衬托男、女主人公的烟幕铺垫。战争的残酷原本如此震耳欲聋、撕心裂肺，猝不及防，射击的每一下都可引发致命的伤害。我环顾着身边的其他观众，大家似乎都有些出乎意料又高度投入在这场实景演出中。同时，作为爱国主义教育基地，我在观众看台上还看到了很多青少年观众，他们表情严肃，关注着演出进展的每一个节奏。就在此刻，我看到了延安爱国主义教育的深刻意义，虽然我们生活在和平年代，但历史照亮未来，征程未有穷期！

……

在陕北大地的几天生活中，我越来越理解和喜欢上了这块土地，它有着自己独特的文化性格，就像唯有你真正走进它，才能听懂以往陕北民歌中那些炽烈的爱与生、情与死一样。它们是《圪梁梁》中"那就是咱们要命的二啦妹妹，想起我的那个亲亲，泪满流"，它们也是《走西口》中"送出来就大门口，小妹妹我不丢手，有两句的那个知心话，哥哥你记心头"……一路车行，我听着广播中的陕北歌曲，看着眼前的陕北大地，那一道道山来，那一道道梁去，我终于明白了在苍凉大地中，唯有情暖人心，而情的纯真与爱的呐喊，也会原汁原味地流淌在一辈辈陕北人的血脉中。

中原人的传家故事

    这是一个我听了最久的记忆中黄土地上发生的故事，从儿时起直到我的中年之际。故事是我父亲讲述的，从他的家乡讲起，故事的线索是一个大家庭在战争、灾害、贫穷面前的生存与奋斗。这个故事的核心是我的祖母，一位平凡而伟大的女性留给后世子孙的家风。

    我父亲的家乡在鄂豫皖交界的一个小村庄，我回去的次数不多，但是印象中，有袅袅的炊烟于傍晚升腾在百来户人家村庄的上空，村里人的性格开朗，时而我陪父亲走在乡间小路上，总有路边人家招呼进家喝水，叙一段家常，如果恰好赶上饭点，一定会三请四请地留你。热情、好客的农家是一个方正的场院，几厢房子，场院里春末晒着麦子、秋天里打着稻子，农闲的时候喂鸡鸭。这一派安静祥和的景象，是日子过好了的样子，但在父亲的故事里，却有着另一番天地。儿时的父亲，在这个小村庄里割草放羊，放牛拾粪，握着镰刀割麦子、光着脚插秧避蚂蟥，夏天在大河里洗澡，冬天盼着过年能吃上肉。这个小村庄以打鱼和种田为主要的生活来源，我的四爹就是一位能撑船撒网、臂力大无穷的人。

然而，勤劳耐不过人多地少，曾是中国人口最多的一个县。我父亲的老太爷有8个儿子，他们各司其职，谁管钱粮、谁管种地、谁管对外……听上去让人兴奋，但实际上这个大家庭世代贫农，生存和养育都格外艰辛。我的小叔过粮食关的时候，饿死了，我的祖父也在病交加中去世了。那之后，我的祖母年纪轻轻就守了寡，独自面对着生活的艰辛和恐惧，在困苦和饥饿中拉扯着几个孩子。在父亲的故事中，就有一个借粮的情景，那时家中已经断粮，祖母带着我的父亲走在去娘家借粮的路上，直饿得两眼昏花，一头倒在田埂上，吓得我父亲不知所措地大哭，祖母醒来后撸起眼前田里的豌豆叶子先往自己的嘴里塞，再往我父亲的嘴里塞，是的，要活下去，要走到娘家兄弟的门口。所以我的父亲一生最不能见的就是浪费粮食，我从小也是不许剩饭的，哪怕一颗米粒也要吃尽，每当我不太配合，父亲总会告诉我他们小的时候真是苦，大家都没有粮，都吃不饱，都是战战兢兢地挨过来的，而借粮的那一年，他才7岁。

2017年的冬天，我在深圳意外地接到了老家传来二伯病危的消息。我的父亲为了能尽快赶回老家，连夜启程，没有买到合适的车票，就在候车室里坐了一夜。父亲说他那一夜，把所有的心都焦虑透了，父亲作为家里的权威，我们很难看到他那样的颓然，但是我们都能理解。第二天，我也请好了假，急忙从深圳搭飞机转火车，再转汽车往老家赶。那时我想：到了县城有车搭车，没车走路，怎么都要赶回去见到我的二伯。二伯是父亲的长兄，在二伯之前我应该还有一位大姑，她是祖父母捡到的孩子，可惜先天有病，不久就去世了，所以二伯是家中的长子。我祖父去世的那年，我父亲他们都还小，于是二伯考上了中专没有去，后来参军能留部队没有留，一心帮着母亲分担养育弟妹的重担，所以在弟妹们心中，二伯是最敬重的大哥，在我们家5代60余口人心中，二伯就是大家长。

接到二伯病危的消息，不只是我们在行动，全家从各地连夜赶回去了40多口人，大家先是把二伯送到县医院，不收治，再连夜送到市医院，因为心脏动脉瓣膜破裂，市医院也没收治。无奈之下，全家人又把二伯拉回了家，不分不舍地呼唤，不离不弃地相信，终于把二伯从死亡的边缘抢了回来。后来，我带着二伯的病理X光片去了北京阜外心脑血管医院问专家，专家也说这是医学之外给予的生命奇迹。

亲身经历了大家庭的情感，让我又想起父亲曾讲过的故事，那是一个个大冬天里，二伯赤脚在冰面上走，挑着几个鸡蛋去赶集换点盐，也是二伯拼命干活、多挣工分养活弟妹的一个个挥汗如雨的烈日当午。随着年龄的增长，我们渐渐明白了为什么父亲早年间部队里发的胶鞋舍不得穿，攒起来带回家给兄们；也明白了为什么我们小时候看见父亲要卖掉手表，换钱买地瓜种子寄回老家。这是因为艰苦共生的成长经历，让他们亲情浓厚，相互挂念，彼此感恩。二伯也是我见过最勤劳的人，儿时回老家过年，我还总能看到年过半百的二伯帮衬在外务工的子女们守家度日，加班种地，拉扯孙辈长大。同时，二伯也是我父亲故事中，那个最孝敬母亲的孩子，最令弟妹们敬佩的榜样，也正是二伯的孝悌，烘暖、维系着我们这个大家庭。

在等待二伯病情稳定的时间里，我陪着父亲走过了老家的一片片小山坡，也会不知不觉地转到我祖母的坟前。那是一个看起来真的很普通的坟冢，黄土、衰草、墓碑，不是烈士陵园，更谈不上永垂不朽，但是，睡在这个坟冢中的女人是我生平最敬佩的女性。我的祖母有一双大脚，是一位壮实、白皙的农村妇女，我印象中的她，总在脑后梳着圆圆的发髻，是一位穿着黑色大襟衣裤的老太太。我的祖母谈不上漂亮，也没有高贵和柔美，她总是沉默地背着手走在田间和地头。其实，我和祖母的话并不多，但我知道她是一位内心极有力量的女人。

记得我儿时回老家过年，我的二妈、三妈、四妈从腊月二十六就开始准备过年的食物，她们炸绿豆圆子、红薯饼、炸鱼，包粉条包子，这些都是放到正月里待客的熟菜预备。印象中，我最喜欢的情景就是漆黑的小村庄，因为过年准备吃食而家家户户都闪着灯火，那时候灶台下的火烧得旺旺的，我一会儿跑到四妈家看看，一会儿跑去二妈家，还记得四妈团的红薯饼，那是我最爱吃的。每次过年，家家都会给祖母送来很多好吃的，我的伯伯们都会来喊老母亲去家里吃饭，可是祖母不动也不吭声，直要等到她的几个儿媳来请，我们才动身。小的时候，我看不明白，总拉着祖母急着要去，但是听了父亲讲的故事，也随着年龄的增长，我渐渐明白了老人家的这份硬气和自尊，是经过了多少的煎熬。

我记得《白鹿原》中有句话，是白嘉轩做了族长后说的，"要在这原上活人嘞，那心上得能插住刀子"，他的这句话说明了关中农村的现实，是的，在哪里的农村都不仅要面朝黄土背朝天，还要底层的愚昧和人性的残酷。印象中，我的三爹不是个多话的人，然而听他回忆往事，直听得我流泪。那时他们还小就没了父亲，过年三爹带着我的父亲去给他们的大伯拜年，数九的天，家里穷得没有一双好鞋，我父亲也常说鞋都穿掉了后跟还穿着，当他们俩跑到了自己的大伯家，只想把冻僵的小脚往火盆上靠一靠。三爹还说那些年生产队组织下河清淤泥，大冬天里下河，脚冻得没了知觉，上岸后只好塞在自家的狗肚子下暖一暖……

我也曾问父亲，这些是真的吗？父亲说这样的事在他们小时候很多，端午节邻居家能包上白米粽子，香甜可口的粽子馋得父亲总从人家门前过，邻居们逗逗、问问，并不真给，所以从我记事起，我们家不管在不在端午，是总有白米粽子吃的……有时，我在想如果这些落在我祖母的眼里，她会是怎样的感受，她的内心又要经历多少煎熬，我渐渐能体会祖母当年的伤心，虽然可能只是深藏内心，无声而悲切的。

然而，生活的考验往往除了煎熬，还可能是突如其来的屈辱，那是父亲记忆中最深刻也伤心的故事。一次，他和二伯去放牛，牛儿拽散了绳子，啃了别人地里的庄稼，人家发现后不仅扣了牛，还操起农具发狠地打二伯，我的父亲吓坏了，一边喊"救命，救救我哥"，一边不住地央求路人给我的祖母报个信。小时候，每次讲到这里，我都问父亲，那人为什么打得那么狠？会打死二伯吗？父亲说，在农村没了父亲就像没房顶的屋子不避雨，被人欺负是常有的事。然而，就是在那么穷苦的环境里，我的祖母依然教育子女："努力再努力，苦就靠自己的双手混上好日子，有双手就不怕，人要活得争气才能硬气。"每每听到此处，我都很感慨，祖母守寡多年，原本内心填满了心酸和孤寂，但她是那么坚强，还留给了子孙后辈一生受用的朴素道理。

相信：因果有轮回，苍天都记得。我的祖母在儿女成人后，逐渐就成了小村庄里很有福气的老太太，即便家中儿多、儿媳多，也能一大家子团结，把日子往好了奔。在祖母近80岁的高龄时，她60岁的儿媳还蹬着三轮车专门送她去乡里洗澡，那是来回几十里的黄土路啊，村里人看见了，都羡慕地说："这是老奶奶骑车带着老老奶奶啊，这样的福气可不多见啦。"是的，我想祖母配得这样的敬重，在中国这个最普通的小村庄里，她经历了贫穷、饥饿、失亲，在多年的苦难中熬守、盼望，有了言传身教的好名声。我站在祖母的坟前，深深地告慰她，每当我们遇到困难总会想起她，每当我们想起她就会充满力量，坚韧向前。

这些年，随着自己阅历的增长，我越来越爱听父亲讲这些故事，它让我每一步都走在泥土里，不粉饰出身，双脚才能结实地站在大地上，我们灵魂的根才会向下扎得很深，我想这样的生长才将枝叶繁盛。

【后 记】

感谢读完此书一直看到《后记》的您。

感谢养育了我的祖国西部，正是西部的宽广与朴实，让我走过了中国的大部分地区和世界上近二十个国家，发现自己最爱的还是亲亲的西部。感谢陶染了我的伟大西部，正是西部的苍凉和神奇，让我经历了中国最发达地区的快速城市发展，依然要为西部的崛起欢欣鼓舞。

感谢自己从事的房地产行业，给予我更多回访、调研西部发展的机遇。

感谢为此书出版、给予指导的各位工作人员，没有你们的支持，我无法实现心中的凤愿。感谢为此书作序、推荐的各位前辈们，感恩你们甘为后辈打伞、看中此书的初心。

感谢我的家人们，思念是一个漂泊在外的游子本能，人生在世须史百年，年轻的时候我们走出家门去更大的世界打拼，然而家人就在故乡守望着我们，每每回头看，家人在故乡就在。

最后，感谢在此书里所有的行走、观察与实地了解中给予我帮助的人们，在此向你们表示最深的感谢!

李乐乐